籠の小鳥は空に抱かれる

Sakumi Yumeno
夢乃咲実

CHARADE BUNKO

Illustration

兼守美行

CONTENTS

島は、湖の真ん中に佇(たたず)んでいる。

湖の形はほぼ円形で、四方の山々から流れ出す川の到達地点であり、湖から流れ出す川はない。

山々は、西と南には近く、北と東には遠く霞(かす)んで見えている。

ここは広大な盆地の一角なのだ。

島は半日もあれば一周できてしまう大きさで、僧院は東寄りに建っている。

五層から成る石造りの建物には四方を見渡せる屋上があり、リンチェンはそこに立って外界を見るのが子どもの頃から好きだった。

山々はすでに純白の衣を纏(まと)っている。

リンチェンが着ている衣と一緒だ。

裾の長い、前合わせの白い上着はリンチェンの普段着で、一月(ひとつき)くらい前からは綿入れの厚いものになっている。

一度も切ったことのない少し茶色がかった長い黒髪は、普段は数条の三つ編みにして背に垂らしているが、儀式の時になると複雑なかたちに結い上げられ、上着も金糸銀糸の縫い取りや、銀細工の飾りがちりばめられたきらびやかで重たいものになる。

そういう服装が好きなわけではないが、その服装になることが意味する、「冬になる」ことは好きだ。

もうじき湖は全面が凍りつき、そしてその氷を渡って、人々がやってくるのだ。

そろそろ夕暮れが近づいている今も、湖の周辺で氷が張るのを待ちかねて野営している人々が、夕食の支度をしているのであろう煙が上がっているのが見える。

山々に囲まれたこの広い盆地のあちこちから、そしてリンチェンが知らない山々の向こうから、中には何ヶ月もかけて辿り着いた人々もいることだろう。

その人たちのためにも、早く凍ってほしい。

そんな思いを巡らせていると……

「リンチェンさま」

遠慮がちな声が、リンチェンを呼んだ。

「お風邪を召されます、そろそろお戻りになっては」

リンチェンはその声にはっと我に返った。

傍らに控えていた、侍僧のタシだ。

リンチェン自身は寒気を感じたりはしていないし、もっと外を見ていたいという気持ちもあるが、タシは違う。

坊主頭で、くすんだ赤色の僧衣一枚を纏った少年は、リンチェンよりも寒さを感じていることだろう。

「そうだね、戻ろうか」

リンチェンは静かに頷き、タシはほっとしたように先に立って石造りの建物の中に入った。

タシは先日ようやく十歳になったばかりだ。

昨年の冬に出家してこの僧院の一員となり、半年あまり下働きをした後リンチェンの身の回りの世話をする侍僧となった。快活でよく気の回る少年だ。

前の侍僧はリンチェンと同い年くらいの無口な男だったが、新たな修行に入ることになり、タシが後任となったのだ。

リンチェン自身はまもなく十八になるところだ。

物心ついたときには、この僧院の「生き神」として僧たちに傅かれていた。

「足元にお気をつけて」

タシはそう言って、手燭でリンチェンの足元を照らしてくれる。

折れ曲がった石の階段を下りると、リンチェンの住まいである僧院の最上階だ。

両開きの木の扉をタシが開けてくれ、内側に垂れた厚地の布を捲り、リンチェンは自室に入った。

扉の内側と同じように四方の石壁には分厚い織物が幾重にもかけられ、床にも敷物が敷かれ、外から冷え冷えとした空気が入り込むのを防いで、心地よく暖かい。

一方の壁には祭壇があり、神々の像が祀られている。

この僧院は、水の神を中心に二十三柱の神々を祀っていて、リンチェンはその、主祭神の化身とされる生き神なのだ。

「もうじき夕餉でございますよ」

床に置かれた、分厚い詰め物をした座布団にリンチェンが座ると、タシが火鉢を側に寄せてくれながらにこにこして言った。

「出家してから、私は食事が楽しみでたまりません。毎日、肉の入った炊き飯を食べられるなんて本当に幸せです」

タシの家が貧しかった話はこれまでにも聞いている。

小さな畑と羊が数頭いるだけの家で、兄弟も多く、タシはいわゆる「口減らし」のために出家したのだが、それが「幸せ」だとことあるごとに言っている。

「タシの家族も、この冬があまり辛くなければいいね」

リンチェンはそう言いながらも、自分の言葉が上滑りしていなければいい、と思う。

リンチェン自身は産みの親とか家族とかを知らないので、タシが家族を思う気持ちは想像でしかわからないからだ。

だがタシはリンチェンの言葉に、嬉しそうに頷いた。

「ありがとうございます。湖が凍ったら、きっと父か母が巡礼に来ると思うので、そのときに顔を見られると思います」

湖が凍ったら。

そうしたらこの島は、外界と繋がる。

一年の三分の二、この島は孤立していて、湖の中にただ佇んでいる。

小さな島だが、僧たちが畑を耕し、数頭のヤクや一群れの羊を飼って、自給自足できるくらいの広さはある。

しかし生活は単調なものだ。

僧たちは日々修行に明け暮れ、日常のあれこれの仕事で忙しい。

朝夕、日に二度の礼拝があり、その際にはリンチェンが上座に着くが、経を唱えたり説法をしたりするのは高僧たちの役目であり、リンチェンの仕事はただそこに「居る」ことだ。

しかし湖が凍れば、巡礼が大挙してやってくる。

大麦や米、干した果物などの食料品、布や針や糸などの生活必需品も運ばれてくる。

それを運んできた商人たちも、巡礼の列に加わる。

リンチェンはその巡礼たちに祝福を与えるのが仕事だ。

次から次へと目の前に跪く人々の額に手を当てて聖句を唱え、首にカタと呼ばれる儀礼用の細長い白い布をかけてやる。

それだけのことだが、一日それを続けていると肩と腕が痛くなるほどだ。

人々はリンチェンを通して、水の神に祈りを捧げている。

乾燥した大地に、一滴でも多くの雨が降りますように。

山々からの雪融け水が、川を豊かにしますように。

水の恵みで作物が実り、家畜が肥えますように。

井戸を掘っても塩気の多い水しか出ないこの地では、山々からの雪融け水を集めた川こそが命を繋ぐもので、だからこそ、その川の終着点である湖の存在はありがたがられ、水の神はどの神よりも崇められるのだ。

水の神はリンチェンを通して人々を祝福する。

リンチェンは通り道であり、器だ。

物心ついたときから、それが自分の役割だと自覚してきて疑問はないし、これからもそうやって生きていくのだろう。

リンチェンは自分が役割を果たせることを幸せだと思う。

そして……巡礼たちに接することが好きなのは、見知らぬ地からやってくる人々が発散する、外の空気のようなものを感じるからだ、とも思う。

僧院の屋上から遙かに見渡すだけの、外の世界。

自分が決して見ることのないであろう世界。

リンチェンは「外の世界」のことを、漠然とした憧れとともにそう考えていた。


「凍りました」

「湖が完全に凍りました」

湖の様子を連日観察していた僧から報告がもたらされ、僧院はにわかに活気づいた。

薄氷が張っては溶けることを繰り返しながら次第に厚くなり、急激に冷え込んだ昨夜、とうとう人やヤク、羊などが耐えられる厚さになったのだ。

正装したリンチェンは僧たちに囲まれて屋上に出た。

湖は真っ白に凍り、その外側には遠くの山々まで続く雪の大地が広がって、世界は銀白色に輝いている。

高位の僧が経を唱えだした。

リンチェンの傍らに立つ僧が、銀の椀（わん）を差し出す。

濃く煮出した茶の入った椀に、リンチェンは右手の薬指の先を軽くつけた。

「東へ」

促され、東に向かい、薬指についた茶を親指で弾（はじ）く。

「西へ」

同じように西へ、北へ、南へ、リンチェンは茶を捧げる。

冬の間、この島と一繋がりになる四方の地の神々への挨拶だ。

これを終えてはじめて、島は孤立から解き放たれる。

リンチェンの心も高揚していく。

熱く煮出したはずの茶は儀式が終わる頃には冷えきっていたが、終わった瞬間に銅鑼(どら)と鉦(かね)が打ち鳴らされて四方に響き渡り、対岸で待ち構えていた巡礼たちが、それを合図に一斉に湖の上に踏み出したのがわかった。


翌日から、巡礼たちへの祝福がはじまった。

リンチェンの髪は僧たちの手によって複雑に結い上げられ、金銀の飾りがつけられる。顔にも化粧が施されて目の縁が強調され、唇に丹(に)を塗り、そして額には縦に第三の眼(め)が描かれる。

これは、リンチェンを通して世界を見つめる水の神の目だ。

純白の絹の衣の上から五色の細かい刺繡(ししゅう)がほどこされた上着を纏い、その上から、さらに金糸銀糸の縫い取りがされた肩布を羽織ると、ずっしりと重い。

それをリンチェンは、自分の「つとめ」の重さだと思っている。

「なんてお美しいんでしょう……！」

はじめてリンチェンのこういう姿を目にするタシが感嘆の声を上げた。

透き通るような肌、涼やかな目を持つ怜悧（れいり）な美貌は、正装すると神々しいほどだと、僧たちも「まさに、水の神の化身」と頷き合う。

生き神は容姿で選ばれるわけではない。

神託によってこの地一帯から年齢など条件に合う子どもが集められ、並べられた聖具の中から正しいものを選んだ子どもが生き神として選ばれ、僧院に入る。

だが今この僧院が厚い信仰を集めているのは、「美しい生き神」としてのリンチェンの存在が大きいと、僧たちも認めているのだ。

リンチェン自身には自分の「美しさ」はよくわからず、神々が与えてくれた自分の資質のひとつなのだろうとありがたく感じるだけだ。

本堂の、水の神の巨大な像の手前に祭壇が設けられ、純白の絹の座布団が重ねられた上に、リンチェンは座る。

本堂の中にはむせ返るほどの香が焚（た）かれている。

リンチェンの左右にこれも普段の赤茶色とは違う黄色の僧衣を着た僧たちが居並び、鉦が鳴らされ、僧たちが経を唱えはじめると、本堂の大きな扉がゆっくりと開き——

ぞろぞろと巡礼たちが入ってきた。

皆一様に、羊の毛皮を裏返して仕立てたチュバという上着を着ている。この国でもっとも一般的な上着で、外側に当てた布が破れればさらに当て布を重ね、大事に着ているものばかりだ。

男も女も髪は何条もの三つ編みにし、女はそれを垂らして飾りを編み込み、男は頸(くび)の後ろでひとつにくくっている。

耳まで覆う羊皮の帽子は、本堂に入る前に脱ぎ、チュバの懐に入れている。

人々は皆、信心深い。

厳しい土地で生き抜くには、信仰が支えだ。

生まれ落ちたら僧によって守り神が決められ、小さな神像を収めた守り函(ばこ)、ガオを一生首に提げる。

家の一番いい場所に祭壇をしつらえ、家族全員の守り神の像を祀る。

そして、神々にちなんだ聖なる場所や、僧院に巡礼に出かけることを、何よりも楽しみにしている。

この僧院へも、比較的近い場所から毎年訪れる人々もいれば、一生に一度は詣(まい)りたいと、遠い場所から聖地をいくつも巡りつつ、何ヶ月も歩いてくる人々もいる。

貧しい生活の中から工面した捧げ物を持って。

そういう捧げ物が、僧院の生活を支えているのだ。

僧院は巡礼たちが寝泊まりする場所を用意しており、そこに十日も二十日も自炊しながら滞在して、熱心に祈りを捧げる人も多い。たいてい、何か悩み事や願い事を抱えている人々だ。

リンチェンは生き神だが、そういう人々を救う力を持っているわけではない。

神々は人々の生活に直接干渉はしないものとされている。

人々がリンチェンを通じて水の神に近づいたと感じ、自分なりに問題を解決していく力を自分の中に蓄えるのだ……というのが、経典の教えだ。

だから、人々が順に壇上に上がり、リンチェンの前に跪くと、水の神の化身としてリンチェンは心を込め、一人一人を祝福する。

右手を相手の額にかざし、聖句を唱え、傍らに控える僧から渡される、カタと呼ばれる細長い白布を、首にかけてやるのだ。

「今年も無事詣れました」

最初の巡礼、白い髭の老人が、カタを受けてから嬉しそうにリンチェンを見上げた。

毎年、真っ先に湖を渡ってくる老人で、リンチェンも顔を見覚えているので、「一年間ご無事で何よりです」という気持ちを込めて微笑んだ。

この場で、直接言葉を交わすことは許されていない。

老人は嬉しそうに笑って立ち上がり、リンチェンから見て、右手から壇を下りた。

そのまま、リンチェンの背後にある神像の裏の広大な方陣に入り、柱と柱の間に祀られた神像ひとつひとつに、小分けにした捧げ物を置き、灯明(とうみょう)に燃料のバターを足し、ゆっくりと祈りを捧げながら時間をかけて一周するのだ。

次々と祝福を受けた巡礼たちがリンチェンの右側に下りていくが、稀(まれ)に左側に下りていく人もいる。

逆回りをする、土着の古い神々を信仰する人々だ。

もともとこの地には古い神々がいて相争っていた。そこへ新しい神々がやってきて、秩序を打ち立て、神々の争いを終わらせた。

古い神々は新しい神々の体系に組み込まれ、今は一緒に信仰されている。

ただ、中には古い神々を特別に信仰する人々もいて、そういう人は習慣が少し違う。

方陣を左回りすることもそのひとつだが、普通に受け入れられている。

多くの人は右に、わずかな人が左に。

リンチェンがそうやって、何十人に祝福を与えたのか数えきれなくなってきた頃……

一人の男が、ゆっくりとリンチェンの前に進み出た。

リンチェンは、思わずはっとして、その男を見た。

二十五歳前後かと思われるその男は、背が高く、肩幅の広いがっしりとした体格をしている。

着ているものは普通のチュバだし、豊かな黒髪を無造作に編んで頸の後ろでまとめた、ごく普通の格好だ。

だが……その男が、どこか普通の人とは違う、とリンチェンは感じた。

旅に汚れてはいるが、硬質な輪郭で鼻筋が通った、男らしく整った顔だ。

直線的な眉の下の目が、強い輝きを放って、真っ直ぐにリンチェンを見つめている。

たいがいの巡礼たちは頭を下げて、カタを受ける時にリンチェンを目が合うと、はっとしたように顔を赤らめ、慌てたように目を伏せる。

よほど何度も繰り返し訪れている巡礼でなければ、物慣れないおどおどした挙動になるのはごく普通のことだ。

そうでなければ、感極まって涙を流す場合もある。

だがその男はどちらでもなく、少し驚きを込めて、何か珍しいものを目にしているように真っ直ぐにリンチェンを見つめている。

しかしそれは決して不快な視線ではなく、今目の前に存在している人や物を、しっかりと観察しているとでもいうような、意志の強さが表れた顔つき、とリンチェンは感じた。

前の巡礼が右に流れたのに男はその場を動かず、後ろにいた巡礼が男の背中をつついた。

「前に出て、膝をつくんだよ」

と片膝をつく。

男は背後の男に頷いてからしっかりとした足取りでリンチェンの前まで進み出て、すっと片膝をつく。

普通は両膝をつくものだ。

「なんだ、作法も知らない、どこの田舎(いなか)から来たんだ」

後ろの巡礼たちが囁(ささや)き合うのがリンチェンのところまで聞こえた。

「よほどの田舎者だな」

くすくすと、笑い合う声も聞こえる。

田舎者……というのは、どこか遠い地方からやってきたということだろうか。この国のいたるところに小さな僧院がたくさんあると聞くが、この男はそういう僧院すらない場所からやってきたのだろうか。

リンチェンは興味を覚えながらも、流れに従って男の額に手をかざし、聖句を唱えた。

続いて、傍らの僧から差し出されたカタをふわりとその首にかける。

すると男が顔を上げ、リンチェンを見つめて「終わりか?」とでもいうように首を傾げる。

やはり、作法も流れも知らないのだろうか。

これで終わりです、という意味を込めてリンチェンが頷くと男も頷き、それから——一

瞬、躊躇ったように見えた。

右に行くべきか、左に行くべきか、と。

誰も、その躊躇いに気づいていない。

列に並ぶ巡礼は辛抱強く前が終わるのを待っているし、傍らの僧も、次のカタを手に取るために横を向いている。

この男が動かなければ、儀式の流れが止まってしまう。

思わず、リンチェンは小声で言った。

「……古い神々の信徒ですか？」

それならば、左回りだ。

しかし男は驚いたように首を振った。

「違う」

「では、右繞を」

「うにょう？」

「右回りです」

「――ああ」

リンチェンの視線を追ってようやく自分がどちらに動くべきかわかったのか、男は向きを変え、しっかりとした足取りで壇を下りて、リンチェンの背後の回廊に消えていった。

「……次を」

傍らの僧に促され、リンチェンがはっとして視線を戻すともう次の巡礼が跪いている。

リンチェンは少し慌てて、その額に手をかざした。

「タシ、田舎者というのは、どういう人を指すの？」

その日の儀式がすべて終わり、ようやく自室に下がって着替えながら、リンチェンは手伝ってくれているタシに尋ねた。

「田舎者、ですか？」

タシが不思議そうに尋き返す。

「私だって田舎者です、故郷の村はここから二十日もかかる、二十軒くらいしかない小さな村ですから」

リンチェンは首を傾げた。

「そうじゃなくて……ええと、僧院もなくて祝福を受け慣れていないような、巡礼の作法も教えてくれる人がいないような……それは、田舎というの？」

「え？」

タシが目を丸くする。

「ああ、確かに、僧院もないような田舎があるって聞いたことはあります。私の故郷よりもっと遠くて小さくて貧しくて……険しい山の中にあって回りの村と行き来があまりなかったり、巡礼に出かける人もいないような。そういう村の人なら、作法もよく知らないかもしれません」

「そんなところがあるんだね」

リンチェンが驚くと、タシは頷いた。

タシはまだ子どもだが、目端がきいて、僧たちの噂話などもよく聞き込んでいるから、リンチェンよりもよほど物を知っている。

しかし……先ほどの男がそういう地からやってきたとして、それを「田舎者」と笑うのは何か違う気がする、とリンチェンは思った。

知る機会がなければ知らないのは当然だ。

そういう人には教えればいいだけのことで、笑うべきではない。

あの巡礼は傷つかなかっただろうか。

作法を知らなかったとはいえ物腰は堂々としていたから、細かいことは気にしていなければいいのだが。

そんなことを考えながらリンチェンは寛いだ白い衣に着替えた。

一日中結い上げていた髪は、いつものようにひとつに編むより、そのまま背に垂らしておいたほうが頭が楽な気がする。

「すぐお休みになりますか、何か飲み物をお持ちしますか」

タシが尋ね、リンチェンは少し考えた。

冬の儀式の初日で身体（からだ）は少し疲れたが、頭の芯は冴（さ）えている。

このまま床に入っても、すぐに眠れる気はしない。

「少し……本堂に行こうかな」

そう言うと、タシが頷いた。

「承知いたしました、本堂は冷えるので、上着をお持ちします」

上着の上からさらに暖かい長上着を重ね、リンチェンは階段を下り、本堂に向かった。

僧院の脇には巡礼たちが寝泊まりする建物が用意されており、多くの巡礼が自炊しながらそこに泊まっていて、毎朝早くから本堂を何周も巡るのだが、本堂の扉は、夜の間は閉ざされている。

しかし僧院の中からなら、いつでも入れる。

この、夜の本堂が、リンチェンは好きだ。

常に誰かにつき添われ、誰かの目を意識している生活だが、ここは唯一リンチェンが完全に一人になれる場所だ。

「勝手に戻るから、タシは先に寝なさい」

脇から本堂に入る扉の前でリンチェンは一応そう言ったが、タシは首を横に振る。

「そうは参りません。お休みの支度もありますし。ここでお待ちいたします」

それがタシの役割であり、リンチェンにはやめさせる権利はない。

リンチェンにできるのは、なるべく自分の行動がタシの負担にならないようにすることだけだ。

「ここは冷える、どこか暖かい場所にいて、一刻したら迎えにおいで」

重ねてそう言うと、タシはちょっと躊躇い、そして頷いた。

「わかりました、ありがとうございます」

自分の意図が伝わったとわかり、リンチェンはほっとして、本堂に足を踏み入れた。

本堂は静まり返っていた。

一晩中香が焚かれていて、灯明を絶やさないために数刻置きに当番の僧が燃料のバターを足して回るが、灯明の明るさから見て先ほど足されたばかりなのだろう、しばらく誰も来なさそうだとわかる。

リンチェンは本尊の裏側の回廊をゆっくりと歩いた。

この国には百余の神々がいて、それぞれの神を祀る僧院があちこちにある。

この僧院の本尊は水の神だが、回廊にはその他の、二十二の神像が祀られている。

その中でもリンチェンは、一番奥にある空の神の像に心を惹かれていた。

神像は、木像に彩色をほどこしたものだ。

すっくと背筋を伸ばし右手の人差し指を真っ直ぐに上に向けて立っている。

力強く明るい目をしていて、その目はリンチェンが知らない遠くの地平を見渡しているように見える。

神像の前に一人佇んでいると、心が身体から解き放たれて、遠いところまで飛んでいけそうな気がする。

自分にはおそらく一生縁のない世界を、垣間見ることができるような気がする。

だが、この島に「居る」ことを運命づけられている自分が島の外の世界に惹かれることはどこか後ろめたいような気もして、誰にもそれを話したことはない。

リンチェンは、薄暗がりの中、その空の神がいる本堂の奥へと歩んだ。

子どもの頃から馴染んでいる場所なので、どこに柱があり、石敷の床のどこが出っ張っているかまでよく知っている。

だから、なんの不安もなく回廊の角を曲がり、暗がりの中に足を踏み出したのだが——

何かに躓いた。

そんなところに物があるとは思わなかった場所で。

「あ」

思わず前に転びかけたリンチェンの身体を——何かが、止めた。

誰かの腕だ。

「――大丈夫か」

低い声がして、リンチェンは驚いて顔を上げ、はっとした。

一瞬、空の神の像が、現し身となって目の前に現れたように感じたのだ。

整った顔、そして力強く明るい瞳。

だが次の瞬間、それは神像ではない、生身の人間だとわかる。

リンチェンは思わず声を上げた。

「あなたは」

それは、昼間のあの巡礼だった。

作法を知らず、田舎者と笑われていた、あの若い男。

あのときはどうして男の顔が印象に残ったのかわからなかったが、そうだ、確かにこの空の神に似ている。

「大丈夫か」

男はそう言ってリンチェンが自分の脚でしっかり立ったのを見定め、リンチェンの身体を支えていた手を離した。

「俺の荷物に躓いたのだと思う、申し訳なかった」

そう言って、通路の片隅に積んであった荷物を足で壁に寄せてから、リンチェンを改めてつくづくと見つめた。

「生き神さま……だよな……？　こうしていると、間違いなく現し身の人間だが」

「はい、今は……神の目は閉じられていますが」

リンチェンは頷いた。

額に描いた第三の眼が拭われれば、それは神の通り道が閉じられたということで、今のリンチェンはいわば空の器であり、礼拝の対象ではない。

考えてみると、巡礼に「空の器としての自分」を見られるのははじめてかもしれない。

「がっかり、なさったのでは……？　こんな姿を見て」

リンチェンが思わずそう言うと、男は驚いたように首を振った。

「とんでもない、ただその……もしかすると、そういう姿を見せてはいけなかったのだろうか？　俺がこんな場所にいたばかりに」

そこでリンチェンはようやく、男がこんな時間にここにいる不自然さを思い出した。

「どうして、こんな時間にここに……」

そう尋ねると、男は白い歯を見せてにっと笑った。

親しみやすく温かい笑顔。

「じっくり眺めていたら、いつの間にか扉を閉められていたんだ」

夜には本堂は閉ざされるということも知らなかったのだろうか。

「あ……でも、灯明にバターを注ぎに、当番が来たはずでは」

「ああ、そうなのか。そこの隅に潜り込んで寝てしまったので、気づかなかったのかな」

男は悪びれない調子で、今出てきた暗がりを示す。

男は空の神の斜め前に立っており、リンチェンは思わず男と神像に目をやった。

やはり、似ている。

背筋の伸び具合、肩幅の広さ、鼻筋の通ったはっきりした顔立ち……それだけでなく、どこかリンチェンの知らない遠い場所を見ているような、力強く明るい瞳が。

「生き神さまが入ってきたということは、出入り口があるのかな」

男は床に置いていた自分の旅荷物を持ち上げた。

「規則を破っているのなら、出口を教えてくれれば出ていくが」

「あ、いえ」

リンチェンは慌てて止めた。

リンチェンが入ってきた出入り口は僧院の奥に通じており、巡礼が入ることは禁じられているはずだ。

もし外に出られても、巡礼の宿泊場所は寝静まっていて、落ち着く場所を探すことも難しく、外で寝るはめになるかもしれない。

本堂の中でさえ冷え冷えとしているのだ、外は息も凍る寒さに違いない。

「朝までここにいたほうがいいと思います。私のほうは別に……邪魔には、なりません し」

「ありがとう」

男は白い歯を見せて笑う。

「今さらだが、俺が何かしてはいけないことをしていたら教えてくれ。突っ立ったまま生き神さまと話してはいけないとか……何しろ、生き神さまを見るのははじめてなので」

「それは、別に」

リンチェンは戸惑いながら首を振った。

そもそも、僧院の僧たちを除いて、巡礼や商人などと接する機会などないからこんなふうに誰かと一対一で話すのもはじめてで、何か作法が存在するのかどうかもわからない。

タシのような年若い僧は別として、年長で位の高い僧たちは、儀式のときの、額に第三の眼が描かれたリンチェンには頭を下げ敬語を使うが、平服のリンチェンには師として接するから、男にも、今の自分に生き神として接してほしいとは思わない。

むしろ長旅に疲れて寝ていた男の邪魔をしないように、自分のほうがさっさと立ち去ったほうがいいのではないか、とも思うのだが……

リンチェンの中には、不思議な衝動が湧き上がってきた。

この男ともう少し話をしてみたい、という。

「あの……伺ってもいいですか？　あなたは、どれくらい遠くからおいでになったのですか？」

「どれくらい……とは？　距離のことか？」

男が不思議そうに眉を上げ、リンチェンは尋き方が悪かったのだろうかと慌てた。

「いえ、ええと……巡礼の作法が違うような場所があるのかと思って」

「ああ」

男が唇の端を少し上げて微笑んだ。

「昼間は、失礼をしてしまった。ああいう場で正式に祝福を受けるのははじめてだったのだ。周りの巡礼から田舎者と笑われたが、確かに作法も知らずに気軽に列に並んでしまって申し訳なかった」

そう言って、懐から白い布を取り出す。

祝福のときに、リンチェンが首にかけてやったカタだ。

「これも……どうすればいいのか。記念に持っていていいのか。それともこれをまたどこかに納めるべきなのか、尋き損ねてしまった」

カタをどうすればいいのかも知らないのか、とリンチェンは驚いた。

巡礼たちは生き神から授けられたカタを大事に故郷に持って帰り、小さく切り分けて大事な人に分け与えたり、自分の家の祭壇に供えたりするという。

切れ端をお守りとしてガオに入れ、ずっと身につけている場合もある。

だが、一度授かったカタをまたどこかに納めることなどはない。

寺などに供物として納めるのは新しいカタだ。リンチェンが授けているカタも、そもそもは巡礼たちが供物として納めた新品のカタなのだ。

「それは……ご自分のものとして、好きになさっていいのです」

リンチェンは戸惑いながらもそう説明した。

この人は、誰もが普通に知っていることを知らない。

だがもしかしたらその代わりに、誰も知らないことを知っているのではないだろうか。

「あなたがいらした場所では……カタはどういうふうに使うのですか？」

「俺のいた場所」

男は静かに繰り返してから、わずかに苦笑した。

「俺が知っているのは、俗人同士で物をやりとりする際に、礼儀として添えるカタだ。受け取ったカタは別の人間に何か送るときに、使い回して添える」

リンチェンは驚いて絶句した。

単なる儀礼用として、俗人同士の物のやりとりに添え、使い回す。

カタにはそんな使い方があるのか。

目の前の男と自分は、同じ言葉を話しているのに、男の背後には自分が知らない、まったく別な世界が広がっているように感じる。

他に男は、どんなことを知っているのだろう。

「他にも何か、珍しい物事をご存知なのでしょうか」

「珍しい……と、相手が思うかどうかは、相手が何を知っているか次第なのだが」

男は面白そうに片頬に笑みを浮かべた。

「生き神さまは、島の外について、何を知っているんだろう？」

リンチェンはその問いに戸惑った。

何を知っているのだろう。

自分が知っている「島の外」は、僧院の屋上から見渡せる、山々に囲まれた盆地の四季の景色、巡礼たちが運んでくる島のものとは違う空気、そんなものくらいだ。

「たぶん……何も」

言いかけたとき、回廊の向こうから、小さな足音が聞こえてきた。

灯明にバターを足す、当番の僧が来たのだ。

見つかると、男は極寒の外に追い出されてしまう。

「隠れて」

リンチェンが小声で言うと、男も心得顔で暗闇の中に退いた。

次の瞬間、リンチェンは自分でも思いがけない言葉を発していた。

「また、お話を……お名前は？」

この男の話をもっと聞きたい。

男の表情は闇に溶けてよく見えなかったが、

「ナムガ」

短く答えた声に、笑みが籠もっているのがわかった。

ナムガ……この国の古い言葉で「空」という意味だ。

空の神に似ている人が、空を意味する名前を持っているのが、不思議な気がする。

「私はリンチェン」

大いなる宝を意味する自分の名を囁いたとき、足音が近づいてきて、手燭の光が目に入った。

「リンチェン」

穏やかな声が、リンチェンを呼んだ。

四十過ぎの学僧の一人だ。

「こんな時間に本堂にいては冷えるだろう。タシが待ちかねてうろうろしていたよ」

「はい……もう戻ろうと思っていました」

リンチェンはそう言いながら、僧が手にした器から、神像の前に置かれた灯明にバターを注ぎ足すのを、わずかに緊張して見つめた。

すぐ側の暗がりには、ナムガがいる。

見つかったら極寒の外に追い出されてしまう。

しかし僧はナムガには気づかずにバターを足し終え、リンチェンを見た。

「明日も儀式だ、よく休みなさい」

「はい、お休みなさい」

僧が次の神像の前に歩んでいくのを見送ってから、リンチェンは足早に本堂を出た。

胸が少し、どきどきしている。

こんなふうに、巡礼と話をしたのははじめてのことだ。

周囲に誰もいない状況で、言葉を交わすなど。

空の神の像に似たあの男は、リンチェンの知らない場所の空気を纏っていた。

そして、転びそうになったリンチェンを抱き留めた腕は、周囲にいる僧たちとは違う力強さがあった。

部屋に戻り、暖かい布団にくるまりながらも、リンチェンは繰り返し、ナムガと交わした短い会話を反芻(はんすう)し、そしていつの間にか眠りの中に入っていった。


「巡礼と話がしたい?」

儀式の用意をしていた僧が、驚いたように尋き返した。

他の僧も準備の手を止めてリンチェンを見る。

どの僧も、リンチェンが幼い頃から代わる代わる世話をし、教育をしてきた僧たちだ。

「なんの話を？」

儀式の責任者である、イシ師が穏やかに尋ねる。

まだ三十過ぎと若いが、明晰な頭脳を持ち、普通よりも早く位を上り、将来の僧院長とも目されている僧だ。

「なんの話、というか……」

リンチェンは、言葉を探した。

そもそも、一人の巡礼と話がしてみたいなどと言葉にした自分に驚いている。

リンチェンが生き神として、個別に巡礼と会うのは、ないことではない。

しかしそれはたいてい、特別な祝福を受けたいと供物を用意して願い出る巡礼だし、そういう際にもリンチェンは、個別の祝福用の部屋で、同じように祝福とカタを授けるだけだ。

ただ、その後巡礼には茶菓がふるまわれ、巡礼はリンチェンの前で嬉しそうに茶を飲み、茶菓子は大切に懐にしまって辞していく、それが違うくらいのことだ。

本堂での儀式が終わった後、日によっては数組そういう巡礼がいると食事や睡眠の時間が削られることもあるのだが、リンチェンはそれこそが自分のつとめだと思っているので苦にはならない。

しかしそういう個別祝福とは別に、巡礼に会いたいなどとリンチェンが言いだすのははじめてのことだ。

「遠くから来た人のように見えたので、何か……変わった話が聞けるのではないかという気がしたのです」

リンチェンが思いきって言うと、僧たちは顔を見合わせた。

「そういえば、そんな巡礼がいたな」

「シガあたりの大きな街か、逆にザンカのような田舎か、どちらかから来たのだろうという雰囲気だったが」

「私は近くで見たが、確かに印象的な若者ではあった」

「しかし、リンチェン」

イシ師がリンチェンを見た。

「お前はそんなに、外の世界のことを知りたいと思っていたのかね」

実際、リンチェンがそんなことを口にするのははじめてだ。

僧院の屋上から外を見るのは好きだし、巡礼たちの運んでくる異なった空気感も好きだが、あえて「外の世界のことを知りたい」などと言葉にしたことはなかった。

僧たちが教えてくれるのは経典のこと、神々が出てくる寓話的な物語、そうでなければ島の生活に関わる実際的なことなどで、リンチェンはずっと、与えられるままにそういう勉強だけを受け入れてきたのだ。

　もしかしたら、外の世界のことを知りたいなどというのは、自分には許されないことなのだろうか。

　リンチェンはそう感じ、躊躇いながらも言った。

「私が知らないことが……まだまだたくさんあるのかもしれないと思って……あの人からは、そんな話が聞けるような気がしたのです」

「お前に世俗の余計な知識は必要ないと思っていたが」

　イシの言葉にリンチェンは一瞬落胆しかけたが、イシ師は穏やかに続けた。

「お前が自分から何か望むのは珍しいことだ、一度招いてみても害にはならないかもしれないな。ゴンショ師、いかがです？」

　その場にいる、一番位が高い僧にイシ師が尋ねると、ゴンショ師は皺だらけの顔をリンチェンに向け、少し考えてから言った。

「リンチェンが望むことは、リンチェンを通して水の神がお望みのことかもしれん。まあ試してみるがよかろうよ」

「では……？」

リンチェンが思わず声を弾ませてイシを見ると、イシ師は頷く。

「ただし、儀式が終わってからの短い時間だよ。冬の間、お前は忙しいのだから、疲れすぎないようにしなくては」

「はい」

イシ師の言葉が嬉しく、リンチェンは頷いた。

「リンチェンさま」

タシが、部屋に入ってきた。

「お連れしました」

リンチェンは顔を輝かせた。

「どうぞ、入っていただいて」

木の扉の前の垂れ幕をタシが上げ、長身の男が入ってきた。

ナムガだ。

ここはリンチェンが希望する巡礼に個別に祝福を授ける部屋で、壁には神々の似姿を描いた垂れ幕が何重にも下がり、奥の壁を背にして一段高くなった場所にリンチェンが座るようになっている。

ナムガは目を伏せたまま部屋に入るとリンチェンから少し離れた場所に両膝をつき、両手を前に伸ばして絨毯（じゅうたん）の上に深く上体を伏せた。

この部屋での作法を、事前に教わったに違いない。

ナムガに会いたいとは言ったが、こんなふうに礼拝されることを望んでいたわけではなかったので、リンチェンは戸惑った。

これでは……夜、本堂で会ったときのような話はできないような気がする。

しかしナムガは、一度顔を上げ、そしてまた伏せることを三度繰り返すと、リンチェンの顔を見て、片頰でにっと笑った。

うまくできただろう、とでも言うように。

その瞬間、ナムガとの距離が一足飛びに縮まったような気がして、リンチェンは嬉しくなった。

「どうぞ、もっとこちらへ……タシ、お茶をお願いできる？」

「はい」

タシが慌てて部屋を出ていく。

ナムガは膝でにじって少しリンチェンに近寄ったが、まだ二人の間には距離がある。

それは自分のほうが一段高い場所にいるせいだとリンチェンは気づき、思いきって立ち上がると、ナムガの前にナムガと同じように、絨毯にじかに腰を下ろした。

ナムガが目を丸くする。

「いいのか?」

「これは……儀式ではないのですし」

師たちに教えを受けたり、タシと他愛もない話をしたりするときは、同じ目の高さで話すのだ。

額に第三の目を描いていない場合には。

「そうか、そういうものか」

ナムガはそう言って、足を崩してあぐらをかいてから、リンチェンを見た。

「これでは寛ぎすぎか?」

悪戯(いたずら)っぽく片頬でにっと笑う。

リンチェンのほうから一歩距離を詰めたら、向こうもまた自然に詰め返してくれるのが、リンチェンにとっては新鮮な驚きだ。

ナムガがそのままリンチェンを見つめ、リンチェンが何か言うのを待っている。

それはそうだ、彼を招いたのは……用事があるのはリンチェンのほうなのだから。

だがこんなふうに、ナムガといざ向かい合ってみると、リンチェンは何をどう言えばいいのかわからなくなる。

「あの……こんなふうにお招きしてしまってすみませんでした」

リンチェンは頭を下げてそう言ってから、そういえばナムガにとっては迷惑ではなかっただろうか、と思う。

しかしナムガは首を振り、笑った。

「いや、驚いたが、俺にとっても面白そうな話だと思ったから」

笑うと目尻に皺ができ、それがなんともいえない優しい感じだ。

「坊さんたちからは、何か生き神さまに珍しい話をしてやってくれと言われたんだが、どんなことを話せばいいのかな」

そう言われるとリンチェンも、具体的にはどういう話を聞きたいのかよくわからない。

先日のカタの話が面白かったのだが、あのときナムガが言ったように、リンチェンが何を知っていて何を知らないのかがわからなければ、ナムガも話しようがないだろう。

そのとき、部屋の垂れ幕をめくり、タシが入ってきた。

茶と、食べ物が入った盆を持っている。

リンチェンが床に下りてナムガと向かい合っているのを見て目を丸くしたが、それについては何も言わず、二人の間に盆を置いた。

茶は、茶の葉に香草を少し混ぜて淹れた、色は薄いが香りの高いものだ。

「どうぞ」

リンチェンが勧めると、ナムガは足つきの磁器の碗を持ち上げ、蓋を開けて香りをかいだ。

「こういう茶ははじめて飲むな」

香りつきの茶はリンチェンにとっては日常のものだが、個別の巡礼に出すとどの巡礼も驚いているから、島の外では珍しいものなのかもしれないとは思っていた。

「あなたがご存知なのは、どういうお茶ですか？」

リンチェンが尋ねると、

「ここでは、これ以外にはどんな茶を？」

ナムガが尋き返す。

「ヤクの乳を入れた乳茶とか……」

「塩やバターは入れないのか？」

ナムガの言葉に、リンチェンは驚いて首を振った。

「知りません、飲んだことがありません」

傍らでタシが目を丸くする。

「私も、塩は知っていますが、バターは」

「そうか、このへんではバターを灯明の燃料には使うのに茶には入れないのか。じゃあ茶の話からしてみようか」

ナムガが少し身体を揺すって、あぐらを組み直す。

「真っ黒になるくらい濃く煮出した茶に、塩をひとつまみとバターを入れて、竹でできた筒状の容(い)れ物で攪拌(かくはん)するんだ。曹達(ソーダ)があるともっといい。滋養があって、塩気がほどよくて、何杯でも飲めるし、茶だけで腹一杯になるから食事にもなる。茶とバターの香りが溶け合って、それだけで幸せな気持ちになる。旅荷物には、茶の塊とバターの包みは欠かせないんだ」

傍らにいるタシがごくりと唾を飲み込んだ。

リンチェンも、ナムガの描写に、バター茶を飲んでみたくてたまらなくなる。

「それから、食べ物」

ナムガは、タシが運んできた盆から、蓮(はす)の花のかたちをした菓子を取り上げた。

「これは、バターと麦粉を練ってかまどで焼き、砂糖をかぶせたものだろう。こういうものは俺が育った地方では、特別な祭りでしか見ない。普段食べる菓子として俺が好きなのは、麦粉を捏(こ)ねてこういうふうに捻(ひね)って、バターで揚げたものだ」

「それは……どういう味なのですか」

「ほんのり塩味だ。そもそも食べ物で甘い味というのはほとんど、砂糖ではなく果物の甘みだな」

リンチェンとタシが夢中になって聞き入るままに、ナムガはいろいろな食べ物の話をしてくれる。

旅の野営で、焚火に当たりながら茹で肉を塩と唐辛子だけで食べるとおそろしく腹に沁みて、身体が温まってくる話など、ふんだんに肉や果物を入れた僧院の炊き飯よりもおいしそうに聞こえるほどだ。

と、部屋の入り口の垂れ幕が捲られた。

「……リンチェン」

イシ師が静かに呼んで、部屋に入ってくる。

「そろそろ休んでは？　明日も早いのだから」

穏やかなイシ師の言葉に、ナムガがさっと居住まいを正した。

「失礼、長居をしてしまった」

少し改まった口調でそう言って、リンチェンに向かって頭を下げる。

「これで失礼する」

リンチェンは慌てて言った。

「あの、また……また、お話を」

「確かに……食べ物の話ばかりしてしまった、他にも面白がってもらえそうな話はあるのだが」

ナムガが苦笑してそう言ってイシ師を見ると、少し考えるふうに首を傾げたが、

「楽しい時間を過ごしたようだし、こういう他愛のない話が面白いのなら、まあいいので

は」

その言葉にリンチェンは、イシ師はナムガの話を全部聞いていたのだと気づいた。

「では」

ナムガはそう言って、タシの後について部屋を出ていく。

「彼のところに、何か……そうだな、茶のよいところを一包み届けるように言いなさい。今日の礼だ」

イシ師が控えていた別な僧に命じるのを聞きながら、リンチェンは、またナムガに会える、次はいつだろう、と胸を弾ませながら考えていた。


それから、数日置きにナムガはリンチェンのもとにやってきた。

たいてい、ナムガが「今日はこんな話でも」と話題を選び、それをリンチェンが聞く。

ごく普通の上着のチュバを、羊皮を裏返さずに、毛を外側にして着る場所があることとか、靴を履くことを知らない人々のこととか、口を大きく開けて舌を突き出すことが目上の人に対する礼儀だという場所があるとか、他愛ないが珍しく興味深い話ばかりだ。

ナムガは話し上手で、そして多くの地をその脚で歩き、その目で見てきた経験が、ナムガの内側に豊かな生命力として蓄えられているのが感じられる。

ナムガの言葉を通して知る外の世界は、リンチェンが想像していたよりもはるかに広くて多彩だという気がする。

もっと他のことも知りたい……だがその「他のこと」がどういう「他のこと」なのか、自分でもよくわからずにもどかしい気持ちになってきていた。

そして、ある日。

その日は、昼間はリンチェンの祝福の儀式はなく、夜に数時間行われることになっていたので、久しぶりに寛いだ姿でゆっくり食事を取り、それからタシに、ナムガに会えるだろうかと尋ねた。

タシが呼びに行くと、ナムガはすぐに来てくれた。

もう僧院の中をナムガがリンチェンの部屋に向かって歩く姿は見覚えられていて、ナムガも勝手知ったる感じで部屋に入ってくる。

いつものようにタシが茶の用意をしに出ていくなり、ナムガが言った。

「外に出ないか、今日は晴れていて暖かい」

「外？」

リンチェンが目を丸くしてナムガを見ると、ナムガが眉を寄せて気遣わしげにリンチェンを見た。

「冬じゅう建物の中にいて陽（ひ）に当たらないと、春になって雪融けと一緒に身体が溶けてしまうというのを知っているか？」

「え⁉」

身体が溶ける⁉

リンチェンが驚いて立ち上がると――

ナムガの顔が、それこそ雪が溶けるようにじわりと笑顔になった。

瞳が悪戯っぽく光る。

「と、北のほうでは外に出たがらない子どもを脅すんだ」

リンチェンは一瞬きょとんとし……次の瞬間、冗談だと気づいた。

「もっ……脅かさないで……！」

子どものように真に受けてしまったのだと気づき、おかしくなる。

「笑ったな」

嬉しそうにナムガが言った。

「笑うのも、陽に当たるのも、同じように身体にいいんだ。さあ、外に出よう」

外へ出る……！

冬の儀式がはじまってから、昼間はずっと本堂で祝福をしていたので、大好きな屋上に行くことも、陽に当たることもしていない。

ナムガの言葉に、リンチェンもむずむずと、外に出て陽に当たりたいという気持ちになってくる。

「でも、どこへ……」

僧院の外に出るわけにはいかないし、とリンチェンが躊躇うと、ナムガが尋いた。

「どこか、外を見渡せるような場所がないか。山々を見ながら、山々の話ができるような」

四方に広がる山々を見ながら、その話を聞ける場所。

「屋上があります」

まさにうってつけだ。

「じゃあ」

ナムガがリンチェンに向かって手を差し出し、リンチェンは反射的に自分の手を預けて——はっとした。

温かい……大きな手。

こんなふうに、ナムガにじかに触れるのははじめてだ。

いや、そもそも着替えなどで必要なとき以外に他人の皮膚に触れるという経験がほとんどない。それだけに、ナムガの手の温もりに驚きと戸惑いを感じる。

「行こう」

そのままナムガが部屋の外に出ようとしたので、さすがにリンチェンは躊躇った。

「タシが……」

「雲が来たら、すぐに山が見えなくなるぞ」

楽しそうに、少し急かすように、ナムガが言う。

確かに、少しでも雲が出てくれば、あっという間に天気は変わる。

外に出たい。遠くを見たい……ナムガと一緒に。

僧院の建物から出るわけではないし、それほど長時間でなければ大丈夫だろう。

リンチェンは頷いた。

「こちらです」

部屋を出るとすぐに、屋上に通じる階段がある。

ナムガが先に立ち、リンチェンの手をしっかりと握ったまま、階段を上った。

屋上に出ると、空は晴れ渡り、遠くの山々まで四方のすべてが見渡せる、素晴らしい天気だった。

ただ、さすがに風は冷たい。

上着をもう一枚重ねてくれればよかった、と思わずリンチェンが身を震わせると、ナムガがさっと自分のチュバを脱いでリンチェンの肩に着せた。

ずっしりとした革の重みが暖かい。

「あ……ありがとうございます、でも、あなたが」

「俺は、これくらいの風などなんでもない」

チュバの下に着ていた毛織りの肌着一枚で、寒そうな様子も見せずナムガが笑う。

「それより、見ろ、あの山々を」

屋上の真ん中に立って、ナムガが四方を指し示す。

「北の、あの一番高い山の名前を知っているか」

「いいえ」

東西南北の山々の景色は知っていても、山の名前は知らない。

「あの尖っているのは、雪降らせの山。その隣の少しなだらかなのは、その妻だ。あの間に険しい峠があって、北から来る旅人は皆そこを通るのだが、なかなかの難所だ」

山々に、夫や妻があり、そして旅人が通る峠がある。

「難所、というのは……」

「冬は吹雪、夏は雹が降る。天気がよくても、あちら側から登るのに五日、こちらに下るのに三日かかる」

そんなに険しく大変な場所なのだ。

リンチェンは、ここから遠くに望んで想像していた以上に、山々は遠くそして高く険しいのだと思った。

「東のあの山は？　あの双つ峰のかたちが好きなのです」

リンチェンが指さすと、ナムガが頷く。

「遠くから望むと、あの山は本当に美しいな。あれは、もとは空にある双子の星だったのだが、喧嘩ばかりしているので怒った天帝に地上に落とされて山になったのだという。二度と喧嘩はしないと誓い、今は仲良く並んでいる。峰と峰に間に湖があるのだが、それは二人の涙だといわれている。二度通ったが、どんなに寒くても凍らない、美しい湖だ」

山々すべてに、そんな物語があるのか、とリンチェンは驚いた。

そして、ナムガの「二度通った」という言葉が気になり、思わず尋ねていた。

「ナムガは……あの山々まで行ったことがあるのですか、あの山々の向こうは、どうなっているのですか？」

するとナムガは、人の気配がないことを確かめるかのように、ちらりと屋上から階段への出入り口のほうを見て……それからにやりと笑った。

「坊主どもが聞き耳を立てていてはろくな話ができないが、ここなら大丈夫そうだな」

リンチェンははっとした。

ナムガは、すべての話に僧たちの誰かが聞き耳を立てていることに気づいていたのだ。

そして、ここなら誰にも聞かれないとわかっていて、屋上に来たのか。

「もしかしたら……話していいことといけないことを決められていたのですか？」

リンチェンが尋ねると、ナムガの笑みが深くなる。

「なるほど、俺が思っていた通り、その心ではいろいろと深いことを考えているのだな」

そう言って、ナムガは向きを変え、東を指さした。

「俺は、あちらから来た。あの山々の向こうから」

僧院は、この盆地の南と西の山々には近く、北と東には遠い。

その、遠い山々を越えて、ナムガはここに来たのだ。

「あの山々にも物語があるのですか？　山々の向こうには、人々のどんな生活があるのでしょう……？」

リンチェンが尋ねると、ナムガがリンチェンをじっと見つめた。

「行ってみたいか？」

「え？　私が？」

驚いてリンチェンは尋ね返した。

「私が……でも、私はここを出ることはありません、私はこの島にいて、生き神としてのつとめを果たしているのですから」

「だが、ずっとじゃないだろう？　生き神のつとめが終わったら？」

ナムガの問いに、リンチェンは、自分の耳が何か聞き間違えたのかと思った。

「……え……？」

ナムガは真面目（まじめ）な顔でリンチェンを見ている。

「生き神には任期があるだろう？　その後は？」

「あ、あの」

ようやくリンチェンは、ナムガが言っている言葉自体は理解したが、その意味がわからない。

「生き神の……任期？　そんなものがあるのですか……？」

リンチェンは幼い頃に生き神に選ばれ、この島に連れてこられた。

家族の記憶もない。

そして僧たちに傅かれ、教育され、つとめを果たしてきた。

それがいつか終わるなどと聞いたことはない。

命のある限り、そのつとめは続くと信じていた。

だが、もし終わりがあるとしたら？

終わりが来たら……自分の存在は……どういう意味を持つものになるのだろう……？

急に、胸が詰まったように息苦しくなり、鼓動が速まるのを感じた。

しかしナムガは驚いたように眉を上げ、それから慌てたように言った。

「違うのか、すまない、俺の勘違いだ。ではお前は……この島にずっといるのだな」

勘違い。

礼拝の作法も知らないナムガに、誰かが間違ったことを教えたのかもしれない。

リンチェンは思わず胸に手を当て、鼓動がなんとか静まっていくのを待った。

同時に、ナムガの言葉がじわじわと胸に沁み込んでくる。

——そう、自分はここを出ることはない。

遠くの山々を、自分の脚で越えることは、決してない。

なんだろう、この急激に湧き出してくる寂しさは。

自分の胸にもともと開いていた穴を、はじめて自覚したような気がする。

「あ、あ……悪かった、申し訳ない、変なことを言って」

ナムガが困ったように早口で言った。

「困らせたなら悪かった。坊さんたちが言うように、俺はそもそも礼儀知らずだし、話題を坊さんたちに制限されたのも、その、お前……あんた……いや、ええと、生き神さまを……」

慌てた様子に、リンチェンはなんだかおかしくなってきた。

「リンチェンと……それに、お前でいいのです」

そういえばまだナムガは、リンチェンを直接呼んだこともなかったのだ。

僧たちも、儀式以外ではリンチェンを「お前」と呼ぶ。リンチェンと年齢が変わらないか、年下の僧たちは「リンチェンさま」と呼ぶが、ナムガは年上だし、リンチェンに外のことを教えてくれているのだから、指導してくれる僧たちと変わらないはずだ。

「そうか、ええと……そうだな、リンチェン……リンチェン」

確かめるように繰り返されると、なんだかくすぐったく嬉しい気持ちになる。

ナムガは少し困ったように微笑む。

「どうも……俺は自分が不作法だということはよくわかっているんだ。僧院で使われている敬語は俺が知っている言葉とは微妙に違うし……」

「もしかして、ご迷惑だった……ですか？」

リンチェンははじめて、その可能性に思い当たった。

「私が、あなたに話を聞きたいなどとお願いして」

「いやいやいや、そうじゃない」

ナムガが強く首を横に振り、リンチェンを見つめる目を、少し細めた。

「そうじゃなくて……むしろ、坊さんたちが快く思わないだろうからこそ、話してみたいと思ったんだ。お前が……何を知っていて、何を知らなくて、どんなことを考えているのか知りたいと思ったんだ。生き神さまとしてのお前じゃなく、リンチェンという一人の人間が、何を思っているのか」

その言葉に、リンチェンははっとした。

自分という……一人の人間……？

そんなことを考えたことはなかった。

自分は選ばれた生き神であり、水の神の化身であり、神の器だ。

だが、その前にリンチェンという名前がある、一人の人間。

それは……水の神と関係のない自分、というものがいる、ということなのだろうか。

そんなことは想像もできない。

ひとつだった自分が、二つの部分に分かれてしまうということなど。

「悪かった、混乱させたか」

ナムガがかすかに眉を寄せてそう言ったかと思うと、ぱっと笑顔になった。

「俺の言ったくだらないことは忘れてくれ！　それより、想像してみるんだ、行くんだったらどっちの方向に行ってみたい？」

声も、明るく軽くなる。

「俺だって、全部の山々を越えたわけじゃないし、一生近寄りもしない場所もあるだろうが、想像することはいくらだってできる。あの、南の、上のほうに行くと空気がなくて息もできないくらい高いという山々だって、息を止めて越えられる、想像でなら！」

想像でなら、どこへでも行ける。

それもまた、リンチェンが知らなかった考え方だ。

自分が一生訪れることもないであろう場所を寂しく焦がれるより、想像で行ってみるほうがずっと楽しいに決まっている。

「あ……じゃあ、双つ峰の湖を……見たいです」

ナムガが楽しそうに頷く。

「丸い、小さな湖だ。峠をひとつ越えると、いきなり見えるんだ……こう、両手を広げたら抱き込んでしまえるくらい近くに」

そう言ってナムガが、青い空を背景に両手を大きく広げ――

飛んでいってしまいそうだ、とリンチェンは思った。

空の神の像に似ている、空を意味する名前を持つこの人は、鳥のように翼を広げて、どこへだって飛んでいけるのだ。

ついていきたい。ついていってみたい――そう思ったとき。

「リンチェンさま！」

タシの声が聞こえ、はっとして振り向くと、階段の上がり口からタシがこちらに向かって走ってきた。

その背後に、イシ師と他に数人の僧の姿が見える。

「お姿がなくて、心配いたしました！」

「あ……ごめんね、タシ」

タシに謝っている間に、僧たちも近寄ってきて、リンチェンとナムガの間に割り込むように立つ。

「こんな汚いものを」

僧の一人が、リンチェンをくるんでいたナムガの重いチュバを肩からはがし、持ってきていたリンチェンの白く軽い毛織りの上着を着せかけた。

リンチェンが何か言う間もなく、別な僧がそのチュバを受け取ってナムガに突き返す。

「このような無礼を許した覚えはない」

「やはり、うかつに近づけてはいけなかったのです」

僧たちが怒ったように頷き合う。

「待って――」

ナムガが悪いのではない、外に出たがった自分が悪いのだとリンチェンが言おうとしたとき、リンチェンの視線の先で、ナムガが首を横に振った。

かすかに目を細めて、唇は横にぎゅっと引き締めて。

何も言うな、と言っているのがわかる。

そのほうがいいのだろうか、ナムガが黙っていろと言うのなら。

「さ、戻るのだ」

イシ師が躊躇っているリンチェンの肩を抱くようにして、階段へと促した。

階段を下りながらリンチェンはナムガのほうを振り向いたが、後に続く僧たちの姿に邪魔をされ、ナムガの姿は見えなかった。

「それで？　どんな話をしたのだ、あそこで？」

部屋に戻ると、イシ師が厳しい顔でリンチェンに尋ねた。

僧たちが聞いていない場所で、何を話したのか。

おそらく——ナムガがリンチェンを、生き神ではない一人の人間と言ったことは、話してはいけないのだとリンチェンは思った。

それくらいはわかる。

僧たちがリンチェンとナムガに許したのは、他愛もない、遠い地の習慣の話だ。

「——山の話を聞きました」

リンチェンはゆっくりと言った。

「北の峰が……夫婦であることとか、東の双つ峰が、もとは天の星で、天帝に地上に落とされて山になったとか」

イシ師の顔が、少しほっとしたものになる。

「……なるほど、そういう話を聞きたかったのか」

そして、また少し表情を引き締める。

「そういうおとぎ話は面白いかもしれないが、経典に書かれていることとは少し違う場合もある。本当の話だと思ってはいけないよ」

「……はい」

それよりも、知りたいことがある。

リンチェンは頷いた。

「あの……また、ナムガの話を聞いても……？　二度と、黙って部屋を出たりしませんから」

「いや、もうおしまいだ」

イシ師はきっぱりと言ったが、リンチェンの顔が曇ったのを見て、少し声をやわらげる。

「どちらにしても、時間がなくなる。十日後には領主をお迎えしての儀式となるのだから、お前は身を慎んで清めなくては」

リンチェンははっとした。

そうだ……十日後には、冬の間の一番大きな行事がある。

そしてその祭りのため、この地一帯を治める領主が島の僧院を訪れるのだ。

祭りが終わると年が変わり、その後このあたりは吹雪が吹き荒れる日が多くなる。

だから冬の間といっても、行事は冬の前半に集中しており、だからこそ氷が張るのを待ちかねるように巡礼が押し寄せてくる。

毎年の一番重要な行事なのに、それがどれほど近づいているのか忘れるほど、ナムガの訪問が日々の楽しみだったのだ。

だが……ナムガにはもう会ってはいけないし、会う暇もない。

イシ師はそう言っているのだ。

——いずれせよ、ナムガは巡礼で、滞在期間が過ぎれば去っていく人だ。

それが十日なのか一ヶ月なのか、それすら聞いていなかった。

どんなに長くても、春先になって湖の氷が溶けるまで。

いつかは会えなくなる人だったのだから……仕方ないことなのだ。

それでも……こんなふうに諌められ引き離されて終わるのではなく、きちんと礼と別れを言いたかった。

自分が悪いのだ。

ナムガは、僧院の中でのリンチェンの立場をちゃんと理解していたわけではない。

僧たちにもタシにも黙って部屋から出るなどしてはいけないことなのに、ナムガにそれをきちんと告げず、屋上に行ってしまった自分がいけないのだ。

最後の最後で、ナムガにいやな思いをさせて申し訳ないことをしてしまった。

もう一度短い時間でもいいから会えたら詫びたい。

巡礼の中には、帰る間際にもう一度生き神の祝福を望む者もいるが、多くはない。

おそらく、祝福を受けるのにも毎回供物が必要だからだ。

だからたいてい、一度祝福を受けたら、あとはひたすら本堂を巡って祈りを捧げ、祭りまでいられれば祭りを見物して、そして帰っていく。

そしてこれからその祭りに向けて巡礼の数はさらに膨れ上がるのだから、二度目を望んでも叶(かな)えられない可能性もあるし——

何より、ナムガがもう、わざわざリンチェンと関わることを望まないかもしれない。

リンチェンは思い惑いながらも、なんとか間近に迫った儀式に心を向けようともがいていた。

領主は、五十過ぎの男だ。

この一帯を治める権力者であり、僧院の重要な庇護者(ひごしゃ)でもある。

領主が毎年僧院を訪れることが僧院の権威を高め、領主を迎えての行事そのものが、最大の祭りとして巡礼を集めることにもなる。

僧院は領主からの多額の寄進がなければ成り立たないのだから、これが一年で一番重要な行事であるというのは、リンチェンも幼い頃から言い聞かせられている。

だが——

リンチェンは、領主が少しばかり苦手であり、そしてそんな感情を持つのはいけないことだと自分を戒めてもいた。

どうして苦手なのか自分でもよくわからない。

領主は中背だががっしりとした男で、その地位にふさわしい威圧的な雰囲気を滲（にじ）ませつつも、僧院を訪れれば穏やかで鷹揚（おうよう）な態度を保ち、礼拝も寄進もきちんとする。

僧たちも領主に最大限の礼を尽くし、下にも置かぬもてなしをする。

祭りは領主の寄進のおかげで盛大に行われ、巡礼たちにも振る舞いがある。

何日にもわたって僧たちが楽器を奏で、神々の面をつけて舞い、詠唱する。

最終日には水の神の大きな神像が神輿（みこし）に載せられ、巡礼たちに担がれて島を一周し、島の中にある一年中凍らない湧き水に浸（つ）けられ、その神像を拭いたカタを巡礼たちに授けるのがリンチェンの一番の仕事だ。

そのカタを最初に授けるのが、領主だ。

領主は生き神としてのリンチェンに跪き、頭（こうべ）を垂れ、カタを受ける。

しかし、儀式が終わると立場は逆転する。

その年によって違うが、領主は十日から二週間ほど僧院に客として滞在し、一連のもてなしの儀式を受ける。

その最初の儀式として、領主が上座に座り、リンチェンはその前に跪いて頭を垂れ、一年間の礼を述べるのだ。

そのときのリンチェンは、額に描いた生き神としての第三の眼は拭い、儀式用ではない平服に着替える。

領主といえども、水の神の目が開いた生き神の、上座に座ることはできないからだ。

その際に……自分を見る目が、なんとなく苦手なのだと……リンチェンは数年前から感じはじめている。

やわらかな口調で、笑みを浮かべてリンチェンを見るのだが、その目の奥に得体の知れない粘つきのようなものを感じるのだ。

だがその「粘つきのようなもの」がどうしていやなのか自分でもわからないし、そんなことで領主を苦手だなどと思ってはいけない。

自分がどうかしているのだ。

リンチェンはそう考えて、毎年の祭りの中に、自分の感情を持ち込まないよう努める。

祭りの三日前からは、毎日、湧き水から汲んできた冷水で沐浴し、身も心も清める。

前日からは、身の回りの世話をするタシ以外は部屋に入れず、僧院を含めた島全体が祭りに沸き立っている中、リンチェンの回りだけが静寂に包まれる。

「リンチェンさま」

その、祭り前日、食事を運んできたタシが囁くように言った。

「少し、お話をいいですか」

「もちろんだよ」

リンチェンは頷いた。

会話が禁じられているわけではないが、こういう雰囲気をはじめて経験するタシは、すでにはじまっている荘重さに呑まれているようだ。

「あの……実は、ナムガさんが」

おそるおそるタシが言葉にしたその名前に、リンチェンははっとした。

「ナムガが？」

まだ、島にいるのだ。この祭りに参加してから帰るのだろうか。

するとタシがリンチェンの耳元に顔を寄せるようにして、さらに声をひそめる。

「実は、ナムガさんから頼まれたのです、儀式の時、領主さまを近くで見られる方法はないだろうかと……」

「領主さまを、近くで……？」

確かに、遠くから来る巡礼……それも一生に一度だけこの祭りを見に来るような巡礼だと、寄進さえすれば何度でも祝福を受けられる生き神よりも領主のほうが珍しく、話の種にもなるような気がするが、ナムガはそういう人物ではないような気がする。

「理由を聞いた？」

「いいえ。それに、これは顔見知りの私にちょっと尋ねてみるだけで、リンチェンさまにお尋ねするには及ばないともおっしゃったのですが……私は新参者で祭りもはじめてなので、全然お役に立てそうになくて」

困ったようなタシの顔を見て、リンチェンは思わず言った。

「タシは……ナムガが好きなんだね」

タシはにっこり笑った。

「はい。私はあの方が好きです。あの方といると、リンチェンさまがとても楽しそうなので」

リンチェンははっとした。

ナムガといるリンチェンが楽しそうだから……それが、タシがナムガを好きな理由。

幼くして口減らしのために出家し、利発さと素直さが僧たちの目に留まって侍僧となっただけのタシが、そんなふうにリンチェンのことを思ってくれている。

「嬉しいよ、タシ……ありがとう」

思わず、ぽつりとリンチェンは言った。

「確かに私は、ナムガといると……楽しかったんだ」

タシが頷く。

「リンチェンさまも、ナムガさんがお好きだと思ったんです。だから、ナムガさんの頼みをリンチェンさまにお伝えしたら、何か方法があるかと思って」

ナムガの頼み……儀式の際に、領主を近くで見たいという……それには何か、好奇心以上の理由があるのかもしれない。

　リンチェンは考えを巡らした。

「タシ、タシは儀式のとき、どうするように言われている？」

「私は、リンチェンさまのお顔が見えるところに隠れて、お加減が悪そうに見えたりしたら、師のどなたかに合図することになっています」

僧たちは全員、本堂でリンチェンと同じく正面を向くから、隠れてリンチェンの顔色などに気をつける者が一人置かれることになっている。

　これまでにリンチェンの具合が悪くなったりしたことはないのだが、祭りの決まり事として配置されることになっているのだ。

「それは、私から見て右手の、幕の陰だよね？」

　リンチェンの座の左右には、天井から五色の幕が下げられる。

「はい」

「左は？」

「ああ！」

　タシがぽんと手を叩いた。

「そうですね、反対側の幕の陰には、誰もいないと思います。そこで、幕の布を被っていれば、師たちにも気づかれないと思います！」

そこからなら、リンチェンが領主の首にカタをかける際に、かなり近くから領主を見ることができるだろう。

もちろん、師たちに知れたら怒られるようなことだ。

だがリンチェンは、屋上で気まずく離されたきり、礼も詫びも言えずにナムガと会えなくなってしまうことがあまりにも残念だった。

もしこの件でナムガの役に立てるなら……そして、ナムガが幕の陰にいてくれれば、最後にちらりと顔を見ることもできるかもしれない。

「タシ、そこにナムガを連れていける？」

「はい、儀式がはじまる前にお連れしておきます」

タシも、わくわくしているような瞳で、頷いた。


祭りがはじまった。

銅鑼と鉦が鳴らされ、楽を奏でる僧たちが僧院の周囲を練り歩く。

僧院の外側を巡る道路には巡礼目当ての屋台がぎっしりと並び、並びきれない屋台が凍った湖の上まで溢（あふ）れているほどだ。

僧院の正面には神々の図を描いた巨大な布が垂らされ、その布の下をくぐって本堂に入ると、そこは金襴や綾織りの布、銀や宝石の細工で飾り立てられ、むせるほどに香が焚かれ、右繞左繞する人々がすれ違えないほど押し寄せている。

リンチェンはその賑わいを初日と二日目は窓から見つめていた。

そして三日目、神像の神輿が出ていき、湧き水に浸けられて戻ってくると、本堂で僧たちが、経を唱えながらカタで神像を拭いていく。

神像に水気がなくなると、汲んできた湧き水を柄杓でかけ、そしてまた拭き取っていく。じゅうぶんな数のカタが溜まるまでそれを続け、そしてとうとう、リンチェンの出番がやってくる。

額に第三の眼を描き、普段の儀式の時には複雑に結い上げる髪をこの日だけは何もせずに背に垂らし、その代わりに一年でこの日にしか使わない金銀細工の冠を載せる。

白一色の重たい衣裳を何枚も重ね、僧たちに手を取られて、ゆっくりと本堂に入り、神像の前にしつらえられた、分厚い座布団を重ねた座に座る。

腰を下ろしたリンチェンは、視線をわずかに左右に動かした。

右の幕の陰には、タシがこれも儀式用の黄色い僧衣を着て跪いている。

そして左の幕は少し膨らんでいた。人一人が隠れているのだと、知っていなければ気づかないくらいの膨らみだ。

タシは、ナムガをちゃんと案内できたのだ。

低い声で囁けば聞こえるくらいの近さに、ナムガがいる。

ちらりとでも視線が合えば礼と詫びを表す会釈くらいはしたいのだが、顔は見えない。

そのとき大きく銅鑼が鳴り響き、リンチェンは背筋を伸ばした。

今の自分は、額に第三の眼を描いた、水の神の化身である生き神だ。

余計なことに気を取られてはいけない。

祝福がはじまる。

まず、この日のために特別な寄進をした者たちが、列を作って進み出る。

貧しい巡礼たちとは違う、真新しいチュバを着た男たちだ。

リンチェンには一人一人の身分はよくわからないが、何百頭ものヤクを持つ裕福な人々、商人、役人たちなどが多いようだ。

祝福の手順は常と変わらない。

両膝をつく相手の額に右手をかざし、聖句を唱える。

ただこの聖句が、この祭りだけで使われる特別なものだ。

この人の悩みがなくなりますように。

この人が一年間、幸福に過ごせますように。

この人に災いが降りかかりませんように。

リンチェンは一人一人に心を込めて、聖句を唱える。

そして傍らの僧から渡されるカタを相手の首にかけると、相手は多くが右、少数の者が左に、壇から下りていく。

そして、その人々の列が途切れると——

もう一度銅鑼が鳴らされ、居並んでいた僧たちが一斉に頭を垂れた。

本堂の正面から、一人の男がゆっくりと入ってきた。

領主だ。

本堂の入り口で、儀礼的に、腰に提げていた馬用の鞭（むち）と刀を僧に渡す。

列を成してつき従っている兵たちは、入り口の外で立ち止まる。

領主は一度あたりを睥睨（へいげい）し、それから大股で、ゆっくりと本堂の中を真っ直ぐに進み、壇上に上がってくる。

儀式のときの金襴はリンチェンと高位の僧だけに許されるものだが、領主の特権として、黒い上着の上から金襴の肩布をかけ、銀糸の刺繍（ししゅう）が施された布の帽子も被ったままだ。

鉦の音と経の声がひときわ大きくなる中、領主はリンチェンの前にゆっくりと両膝をついた。

四角くいかつい顔は一年ぶりに見る。ここ数年はさすがに皺や白髪が増えてはいるが、老け込んだというよりは、さらに威圧感を増しているようだ。

口元には笑みのようなものを貼りつけているが、瞳にはどこか皮肉なものがある。

これはあくまでも儀式であり、本来誰の前でも膝をつく必要などないのだ、という気持ちが見て取れる。

リンチェンがどことなくこの領主が苦手なのは……そういう傲岸さが仄見えるからなのかもしれない。

だが今は、自分は生き神として、領主に祝福とカタを与えるのだ。

領主は頭を下げ、視線を足元に落としている。

リンチェンは右手を伸ばし、領主の額にかざした。

領主にだけ使われる特別な聖句を唱え、そして傍らから差し出されるカタを受け取ろうとしたとき――

視界の隅で何かが動いたような気がした。

はっとして視線を動かすと、きらりと光るものが目に入った。

刀。

ナムガだ。

ナムガが――幕の陰から身を乗り出し、短刀を鞘から抜いて構えている。

領主を刺すつもりだ……！

とっさに、リンチェンの身体が動いた。

領主とナムガの間に自分の身体を入れるように、ぐらりと身体を倒す。

座布団を重ねた上に座っていたので、その座布団ごと領主の脇に崩れ落ちた。

「リンチェンさま⁉」

経の声に紛れて、タシの声が聞こえる。

「どうした」

領主が冷静に言って、リンチェンの腕をぐいっと掴んだ。

間近で目が合い、領主の瞳が探るように自分の目を覗き込んだような気がして、リンチェンは慌てて目を伏せた。

「いえ……申し訳ありません、少し気分が……」

そう言いながら横目で、ナムガが再び幕の陰に身を隠したのを確認する。

どういうことだろう。

ナムガは……領主を近くで見たいと言った。

だが、ただ見るのではなく、領主を襲おうとしたのだ。

どうしてそんなことを。

きっと何か理由があるのだろうが、今この場でそんなことをさせてはいけない。

神聖な儀式を場を血で汚すこともちろんだが、この場で領主に襲いかかれば、たちまち兵たちが雪崩込んできて逃げ場を失い、捕まってしまうだろう。

その先にあるのは、死罪だ。

一瞬の間にリンチェンの頭の中に、そんな考えが駆け巡る。

「リンチェンさま」

少し離れたところにいた僧たちが近寄ってきて、リンチェンの身体を支えた。

「続けられますか」

そう問われ、リンチェンは頷く。

「大丈夫です」

居並ぶ僧たちは経を唱え続けているので、本堂の外にいる人々には何が起きたか悟られてはいないだろう。

リンチェンは座り直し、無言で改めて膝をつく領主の首に、なんとか濡れたカタをかけた。


儀式の中断は近くにいた僧たちにしか気取られず無事に終わり、リンチェンは次の儀式用の部屋に移った。

本堂からほど近い、この日だけ使われる特別な部屋だ。

次はここで上座に領主を迎え、リンチェンが礼を述べることになっている。

隣に控えの間があり、リンチェンはここで額の第三の眼を消し、儀式用の衣裳から、もう少し軽い、白い上着に着替える。

僧たちが心配して入れ替わり立ち替わりやってきて、薬湯を飲ませたりするのでなかなか落ち着かなかったが、ようやくタシと二人になるとリンチェンは急いで尋ねた。

「タシ、ナムガは？」

反対側にいたタシには何が起きたかわかっていなかっただろうが、とにかく儀式が済んだらナムガにはあの場でタシを待ってもらい、折を見てタシが連れ出すことになっていたのだ。

「はい、実は」

タシが声をひそめた。

「本堂の外にはご案内できなかったので……実は、ここに」

「え」

リンチェンが驚いてタシの視線を追った先には、リンチェンの儀式用の衣裳などを収めてある櫃がいくつも置かれており、その奥に畳まれた壁掛け布が積まれている。

「ナムガさん」

タシが小声で呼ぶと、その壁掛け布の陰からナムガが顔を出し、膝でにじるようにこちら側に出てきた。

少し蒼ざめているように見える。

「タシ……扉の外にいてくれる？　誰か来たら合図をして」

リンチェンがナムガと話をしたいのだと察して、タシは頷いて隣室に出ていき、扉を閉める。

リンチェンは急いでナムガに駆け寄った。

櫃と、壁掛け布の塊越しに、視線を合わせる。

ナムガの顔は、憔悴しているように見えた。

あの、明るい快活な目をして、リンチェンに外の世界を教えてくれるおおらかな人が、こんなに昏い目をしている。

自分が見ていたのは、ナムガのほんの一面に過ぎなかったのだ……とリンチェンは思った。

「ナムガ……いったい……」

「なぜ！」

ナムガは声を荒らげ、それでも今の状況にはっと気づいたようにひそめる。

「なぜ、邪魔をした……！」

それでも、声の荒々しさは変わらない。

「ナムガ……？」

判断だと悟っていたのだ。

邪魔をした……リンチェンがナムガと領主の間に倒れ込んだのを、刀を見てのとっさの判断だと悟っていたのだ。

と、いうことは。

「あなたは……領主さまを……」

リンチェンが言いかけると、ナムガはぎゅっと眉を寄せ、唇を嚙み、必死に気持ちを落ち着けているように見えた。

やがて、ゆっくりと目を開けたが、その瞳には昏い熱が燃えている。

「あれは俺にとって、領主を殺せる、二度とないかもしれない機会だった……!」

口惜しそうに声が掠れる。

「迷惑をかけるつもりはなかった。取り押さえられて捕まっても、タシの名前を出すつもりはなかった、勝手に忍び込んだのだと言うつもりだった。目的を遂げられさえすれば、あとはどうなってもいいと……だが、こうなってしまうと……くそ!」

ふいに激したように拳を固め、床を殴りつける。

リンチェンは息を吞んだ。

やはりナムガは、領主を殺そうとしたのだ。

人を殺すことは神々に禁じられている最も大きな罪で、目の前にいるナムガがその罪を、それも僧院の本堂で犯そうとしたことは大きな衝撃だ。

だが、それには絶対、何かわけがあるはずだ。

「どうして……理由を聞かせてください」

ナムガは両の拳を固く握り締める。

「あの男は、母の故郷を滅ぼし、俺の祖父母を殺した仇だ！」

リンチェンは思わず、両手で口を覆った。

「仇……？　領主さまが……？」

「そうだ」

ナムガの目のふちが、怒りに紅潮している。

「あの男はこの地方一帯に圧政を敷き、重税をかけ、従わない村から家畜や作物を根こそぎ奪っていく。祖父母の村もそうやってすべてを奪われ、村人はちりぢりになり、祖父母は心労で死んだのだ」

あの領主は……そんな、圧制者なのか。

僧院には庇護者として現れ、気前よく寄進しているあの領主が。

穏やかで鷹揚に見えるが、どこか粘ついた視線の奥には、そういう酷薄さが潜んでいるということなのか。

そしてナムガは、領主のせいで祖父母を……大切な人々を失った。

そう思った瞬間、リンチェンの中に、ナムガの悲しみ、悔しさ、怒り、切なさ、そういうものがどっと流れ込んできたような気がした。

胸が……痛い。

ナムガの苦しみで、心が痛い。

親族を亡くすというのがどれほどの苦しみなのか……祖父母どころか両親の顔も知らないリンチェンにも、その苦しみの大きさだけは感じ取れる。

自分は、この人の何を見ていたのだろう。

外の世界のことを教えてくれる、明るく優しい人、としか見えていなかった。

だが内側には、これほどの苦しみを抱えている人だったのだ。

どうしてそれに気づけなかったのだろう……！

「辛い……とても辛い思いを、なさったのですね」

ようやくリンチェンがそう言うと、ナムガがわずかに眉を寄せた。

「俺の言うことを信じてくれるのか？」

「信じます」

躊躇うことなくリンチェンは頷いた。

ナムガの言葉は真実だと、リンチェンにはそう信じられる。

「では」

ナムガの声がわずかに震える。

「先ほどは失敗したが、これで諦めたくはないという俺の気持ちも、わかってくれるか」

その声や瞳に籠もる、自分には計り知れない苦悩が、リンチェンの胸に迫って息苦しくなる。

ナムガは諦めていない、もう一度機会を狙うつもりなのだ。

「で、でも」

リンチェンは必死に言った。

「もし目的を果たしても……あなたが捕まってしまいます」

領主を殺し、逃げ出せるはずがない。領主に随行している兵たちは、僧院を、そして島中を、くまなく捜してナムガを見つけ出すだろう。

「もとより、命は捨てる覚悟だった。あの男を殺すことさえできれば、この命などどうなっても構わない」

ナムガはきっぱりと言った。

そうだ、人を殺した者は死罪で……ナムガはもちろん、それを覚悟しているのだ。

でも、だめだ、そんなことはさせられない。

だが、どう言えばナムガを止められるだろう？

どんな理由があろうと人を殺すことは神々の教えに背くことだし、そんなことをしたら死後も神々の恩寵は受けられなくなり……魂は永遠に苦しみの中を彷徨うことになると、経典に書かれているし、僧たちにも教わった。

しかし、そんな言葉は、今のナムガを説得するのにはふさわしくない、とリンチェンは感じた。

ナムガはそんなことは承知の上で、それでも仇を討とうとしている。

上面の説教めいたことを言っても、ナムガの胸には届かない。

だが、それでもナムガを止めたい、止めなくてはいけない。

そう思った瞬間、リンチェンの口から言葉が零(こぼ)れた。

「それはだめです！　そんな相手のためにあなたが命を落とすなんて。私は、あなたに死んでほしくない……！」

口にした瞬間、リンチェンは、それこそが……ナムガを止めたい本当の理由だとわかった。

死んでほしくない。生きていてほしい。

ナムガという人がこの世からいなくなってしまうことが、二度と会えなくなってしまうことが、辛い。

領主がナムガの手にかかって命を落とすことよりも、その結果、ナムガが命を落とすことが辛い。

自分の中では、ナムガと領主の命の重さが、こんなにも違うのか。

「リンチェン……」

ナムガが驚いたようにリンチェンを見つめた。

「お前は……俺に死んでほしくないと、そう言ってくれるのか……?」

その瞳に宿る苦しみの中に、先ほどはなかった葛藤が見える。

自分のつたない言葉が、ナムガの中の何かに響いたのだろうか。

だったら……

リンチェンがさらに言い募ろうとしたとき。

「リンチェンさまはこちらで休んでおられます」

扉の外でタシの少しわざとらしい大きな声がし、二人ははっとして扉を見た。

「隠れて!」

小声でリンチェンが強く言うと、ナムガは無言でひらりと壁掛け布の向こう側に身を隠した。

リンチェンが立ち上がり、扉のほうを向くのと同時に、その扉が開いて高位の僧たちが入ってくる。

「落ち着いたかね。支度はできたか? あまり領主さまをお待たせするわけにはゆかぬ」

一人の僧が尋ね、リンチェンは頷いた。

なんとか心を落ち着かせようとするが、胸の内は波打っている。

これから……領主に礼を述べる。

ナムガの仇……ひとつの村を押し潰し、ナムガの祖父母を死なせた相手に。

そんな人に、虚心に礼を言えるだろうか。

だが……今は、ナムガを無事に逃がすことを考えなくてはいけない。

そのためには、滞りなくつとめを果たし、領主にこの部屋から出ていってもらわなくてはいけないのだ。

なんとかリンチェンは自分にそう言い聞かせた。

隣室に移り、一段高くしつらえられた座の正面に座り、平伏する。

そのまま待っていると、部屋の外から衣擦れと足音が近づいてきた。

「どうぞ、こちらへ」

僧の案内で、重たい足音が壇上に上がり、上座に座る気配がわかる。

垂れ布や、衣服の裾を僧たちが整えている、衣擦れの音がやみ、数人の高位の僧たちがリンチェンの背後に下がって同じように平伏するのを、リンチェンは気配だけで感じていた。

そのまま、無言の時間が過ぎ——リンチェンは頃合いと感じて、声を出した。

「今年もまた僧院にお運びいただき、過分な温情を賜り、厚く御礼申し上げます」

「うむ、顔を見せよ」

領主の声がして、リンチェンはゆっくりと上体を起こした。

背後で僧たちも顔を上げるのがわかる。

リンチェンは、領主の目を見ると自分の内心の動揺が悟られてしまうような気がして躊躇ったが、他にどうしようもなく領主の顔を見上げた。

領主は、じっとリンチェンの顔を見つめている。

ここ数年、回を重ねるごとに「苦手」と感じていた領主の瞳が、今は決定的に不快な何かを含んでいると感じる。

この人は、民を苦しめる冷たい領主なのだ。

ナムガを苦しめている人なのだ。

だが同時に……僧院の大事な庇護者でもある。

一連の儀式の流れとして、リンチェンはただただ嫌悪感を抑えて、この場をやり過ごすしかない。

「具合はもう大丈夫なのか」

領主が尋ねたので、リンチェンは目を伏せた。

「大変お見苦しいところをお目にかけました、申し訳ありません」

すると……領主が、リンチェンの背後にいる僧たちに向かって言った。

「そなたたち、座を外せるか。生き神と二人で話がしたい」

リンチェンは、僧たちが顔を見合わせている気配を背中で感じた。

戸惑っているのだろう、確かにこんなことははじめてだ。

例年なら、これから酒肴が運ばれ、儀礼的に領主が手をつけたものをリンチェンが賜り、それから領主は別室に案内されて本格的なもてなしの宴となるのだが、領主はどういうつもりなのだろう。

もしかすると……と、リンチェンはぎくりとした。

領主はナムガに気づいていたのだろうか。

リンチェンに、それを質そうとしているのだろうか。

あの場所に誰か潜んでいたのに気づくことができたのはリンチェンだけだ。

だとすると、僧たちには聞かれないほうがいい。

「……リンチェンさま？」

一人の僧が膝でリンチェンの脇ににじってきて尋ねたので、リンチェンは頷いた。

「領主さまのお言葉のままに」

「それでは……」

僧たちが立ち上がる。

「何かございましたら、お声をおかけください」

領主に向かってそう言って、僧たちが部屋を出ていき、扉が閉まった。

「……それで？」

領主が意味ありげにリンチェンに尋ねる。

「え……あの……」

リンチェンは自分の指先が震えているの気づき、ぎゅっと手を握り締めた。

領主はやはり、ナムガの存在に気づいていたのだろうか。

自分の口からナムガについて言うわけにはいかない。

ナムガが捕まり、殺されてしまうような結果を招くようなことは、できない。

だがあの場にいたのは誰だと領主に尋ねられたら……どう答えればいいのだろう。

リンチェンはこれまで、意図的に嘘（うそ）をついたことはない。

嘘はいけないことと教えられていたのはもちろんだが、嘘をつく必要に迫られたことが一度もなかったのだと気づく。

それでも今は、ナムガのために、嘘をつこう。

リンチェンは自然にそう覚悟を決めていた。

「領主さまには、何をお尋ねになりたいのでしょうか」

冷静に、と思いながらもわずかに声が上擦る。

すると領主がゆっくりと座を立ち、リンチェンの目の前まで下りてきて片膝をついた。

いきなりリンチェンの顎を指で摑み、仰向（あおむ）かせる。

「いくつになった？」

リンチェンは一瞬、質問の意味を理解できなかった。

年……年齢。ナムガのこととは無関係の質問だ。

「十七……もうすぐ十八に……なります」

「なるほど、遅咲きの花だったわけか」

領主は唇の片端を上げ、意味ありげな笑みを浮かべた。

「昨年までは、まだこれほどのものとは思っていなかった。美しくはあったが、未熟な果実、ただの人形に見えていた。だが今のこの、綻(ほころ)びはじめた蕾(つぼみ)のような色香は、想像以上だな」

領主は何を言っているのだろう。

意味がよくわからない……が、その言葉がいやな響きを帯びているのを感じる。

だが、次の問いはさらに衝撃的だった。

「お前、精通はいつだった。もうあったのだろう」

「な……」

どうしてそんなことを尋ねるのだろう？

精通は……あった、もう三年ほど前のことだ。

その当時の侍僧が、これは男の身体を持ったものに起こる自然なことだから恥じることはない、だが同時に他者には秘めるべきことでもあるので、そのことについて口にするべきでもない、と教えてくれた。

俗世で生きる者にとっては子孫を残すために必要な現象だが、出家している僧や、生き神のリンチェンには無用のもので、淡々と処理すべきものだとも。

それを、なぜ今、領主がリンチェンに尋ねるのだろう。

戸惑っていると、領主がふいに声を荒らげた。

「答えよ」

他人に怒鳴られたことなどないリンチェンはびくりと身を竦(すく)ませ、反射的に答えた。

「じゅ、十四のときに」

「なるほど」

領主が目を細める。

「では、そろそろ、その身体を試してみてもよい頃合いだな」

「——は？」

リンチェンは、自分の耳がどうかしたかと思った。

身体を……試す……？

「あの……お言葉の意味が」

なんとか言葉を押し出しながらも、自分の顎を強い力で捕まえたままの領主の指が、たまらなく恐ろしくなる。

間近でリンチェンを見つめる瞳も、威圧的な、大きな身体も……すべてが。

だが、動けない。身体が竦んで動かない。

領主はにやりと笑う。

「意味も何も、お前の身体を私に味わわせろと言っているのだ。我が後宮には女も男もいるが、生き神を我が物にするというのはまったく別な楽しみだ。いや、何も後宮に入れると言っているわけではない、お前は冬の間、私がここを訪れたときに、その身で我が身の快楽に奉仕すればよいのだ」

身体で……快楽に……奉仕。

リンチェンはその言葉をかろうじて理解しながらも、理解したくないとあがいた。

僧たちが教えてくれる、経典に出てくるさまざまな神々と人との寓話の中に、後宮とか、妻とか妾とか、身体の快楽といった言葉が出てくるものはあった。

そのたび、僧たちは淡々とその意味を説明してくれた。

だがそれはすべて、リンチェンには無縁の言葉のはずだった。

「な、何か、お間違え、では……」

リンチェンは切れ切れに、しかし必死に言った。

「私は、生き神……です……水の神の、現し身の身体として奉仕する……私は……純潔であらねば……」

それが生き神の条件だ。

そんなことは誰でも知っているはずのことだ。

生き神としてのリンチェンの身体は、水の神の聖なる器だ。

人としての快楽に一度でも身を委ねれば、それは純潔を失うこととなり、神の器として機能しなくなって、生き神としての資格を失う。

だからリンチェンの身体は、世話をする僧たち以外に、うかつに触れさせてはならぬ。

そう、戒められてきた。

だからこそ――ナムガの手に触れたことは新鮮だったが、あれは断じて、身体の快楽に通じるような、後ろめたいものではなかったと思う。

だが、今領主が言っているのは、まさにその……純潔を失うような行為のことだ。

そんなことは許されないし、ありえない。

しかし領主は、リンチェンが怯(おび)えながらも必死に言い募った言葉に、声を上げて笑いだした。

「純潔であることが生き神の条件だと、そんな浮き世離れした戯言をお前は本当に信じているのか？　今にはじまったことではないが、坊主たちも本当にうまく生き神を仕込むものだな」

どういう意味なのだろう。

領主の言葉は意味がわからず、ただ、おそろしく不遜な言葉だということはわかる。

領主は、怯えるリンチェンに顔を近寄せ、脅すような声音で低く言った。

「いいか、お前が生き神でいられるのは、私が認めているからだ。お前の地位など、私がどうにでもできる。私に従順でいればこその生き神の地位だと思え。お前の前任者のようになりたくなければ従うのだ」

前任者⁉

そんなことを考えたこともなかったリンチェンはぎくりとした。

もちろん、リンチェンはこの僧院のはじめての生き神などではない。生き神は何十代にもわたっている。そして一人の生き神が神々のもとに召されたら、神託に従い、新たな生き神が選ばれる。

神々のもとに召されたら。

それをリンチェンは、生き神としての任を全うし、寿命を迎えた後、と捉えていた。

僧たちもその考えを否定しなかった。

だが、領主が言っているのは……

「前の……前の生き神は、どうなったのですか……？」

震える声でリンチェンが尋ねると、領主は酷薄に笑った。

「領主の意に沿わない生き神など価値はない。私の閨に召したまではいいが、その後少しばかりつけ上がったので、消した。だから次は特に従順な生き神に育てよと坊主たちに命じたのだ」

消した。

それは……殺した、ということだと、さすがにリンチェンも理解する。

そして次の「特に従順な生き神」が自分なのか。

「お前が素直に私に従いさえすれば、僧院は安泰だ。私にとっても、この僧院は領地の宝だと思っているのだ。潰したくなどない」

「それは……私が従わなければ……僧院を……」

潰す。

つまり、リンチェンが領主に身を任せなければ、僧院がなくなる。

そんな、神々をもしのぐ権限が領主にはあるのか。

僧院や自分の立場は、そんなにももろいものなのか。

衝撃で全身から血の気が引くように感じながらも、リンチェンは今こそ、ナムガの言葉が真実だとわかった。

僧院を潰す権力を持っているこの領主は、従わない村の一つや二つ、簡単に潰してしまえるのだ。

「なに、私に身体を差し出したからといってお前が生き神でなくなるわけではない。お前にはこれまで通りの待遇を保証する」

にっと、勝利を確信したかのように領主が笑い……

「さあ、私に従うと言え。今宵、私の閨に侍（はべ）ると」

猫撫（ねこな）で声で命じる。

その領主の身体から、何か獣のような生臭さが立ち上ったように感じて、リンチェンは息苦しくなった。

しかし、領主に従うわけにはいかない。

領主の言っていることは、決定的に間違っている。

なぜなら――

「私が純潔を失ったら……生き神ではいられなくなります……！　もう二度と、生き神として儀式に望むことなどできません……！」

純潔を失って生き神を続けることなど、できるはずがない。

それは、偽の生き神だ。

ここを訪れる大勢の巡礼は皆、リンチェンが純潔さと聖性を持った生き神であるからこそ、遠くから苦難を乗り越えて辿り着き、跪き礼拝する。

生き神の資格を失い、偽物の生き神として儀式の場に出ることなどできない。

それは人々を騙すことだ。

だが領主は鼻で笑ってみせた。

「言わなければ知られないことだ。馬鹿正直に、自分は生き神の資格がなくなったとでも大声で言いふらすのか?」

そう言ってから、ふいに苛立ったように、リンチェンの両肩を強く摑んだ。

「いいか、お前の生き神としての値打ちは私も認めている。お前の美しさや神々しさの噂が遠くまで聞こえているからこそ、巡礼が集まり、領地に金を落としていくのだから、それがお前の価値だ」

脅すような響きを籠めながらも、宥めようとするかのような猫撫で声で続ける。

「私は、連中が崇めている生き神が、裏では我が閨に侍る者であることを望むのだ。お前は生き神としての表の顔と、我が意のままになる閨での裏の顔を使い分けるのだ。それがお前の取るべき道だ」

そして……いきなり、声を荒らげた。

「さあ、一言言え、私に従うと!」

鞭打つような声が空気を震わせる。

——怖い、とリンチェンは思った。

この人が、怖い。

誰か他の人間に対し、こんな恐怖を覚えたことははじめてのことで、どうしていいかわからない。

だが……従うと、言うことだけはできない。

無理だ。

リンチェンの中に恐怖と嫌悪感が溢れた。

次の瞬間、ふいに腹の中が捩(よじ)れるような感覚に襲われ、酸っぱいものがぐぐっとせり上がってきたかと思うと——

両手を口に当てる間もなく、汚物を敷物の上に吐き出していた。

「こ、こいつ——」

領主が慌てて飛びすさる。

吐いたものは少量の液体だけだったが、リンチェンは、臓腑(ぞうふ)が口から溢れ出しそうな苦痛を覚えて上体を丸めた。

そのとき——

「リンチェンさま、どうかなさいましたか！」

隣室から声が聞こえた。

あれは……ナムガの声だ、と頭の隅でリンチェンは気づく。

「どなたか、リンチェンさまのお加減が……どなたか！」

よく響く声が廊下を伝って扉の外の僧たちに聞こえたのだろう、扉が開く。

「くそ……興ざめだ」

領主が吐き捨てるのと同時に、僧たちが慌てたように部屋に入ってきた。

「これは」

「リンチェンさま、大丈夫ですか」

リンチェンを抱き起こそうとする僧たちと、

「領主さま、申し訳ございません」

「お召し物を汚してしまったでしょうか」

「どうぞ、あちらでお着替えを」

領主を取り囲む僧たちに分かれ、領主との距離が開いてリンチェンはほっとした。

とりあえず……この場は、難を逃れたのだ。

ナムガのおかげで。

隣室で様子を窺(うかが)っていたナムガが、自分の存在が露見する危険を顧みずに声を上げてくれたおかげで、助かったのだ……！

「やはり今日はどうにも、具合がよくないのだな」

イシ師がリンチェンを抱き起こす。

「今日の行事はこれで終わりだ、部屋へ戻るか？　階段を上れるか？」

儀式の際の敬語を取り払って心配そうにリンチェンに尋ねる。

リンチェンは少し迷い、首を振った。

「階段は……どうぞこのまま、隣の部屋で少し休ませてください」

イシ師は頷き、「誰か、隣に床を延べよ」と命じる。

その声でナムガはまた隠れてくれるだろうと思った通り、扉を開けても不審な気配はなく、手早く敷物が敷かれリンチェンは横になった。

しばらくはタシが着替えを持ってきたり、薬師の僧が薬湯を運んできたりと慌ただしかったが、リンチェンが目を閉じると、僧たちが声をひそめた。

「ではタシ、お前がついていておくれ、何かあったら呼ぶのだよ」

そうタシに命じ、僧たちが衣擦れの音とともに部屋を出ていくのを確かめ……

リンチェンは目を開けた。

上体を起こすと、タシが慌てて止める。

「リンチェンさま、まだ……」

「もう大丈夫、具合は悪くないよ、それよりナムガは」

ナムガが隠れているはずのほうを見ると、ナムガが布の山の向こうから上体を現した。

「ナムガ」

リンチェンは起き上がってナムガに駆け寄った。

「ナムガ、ありがとうございました、助かりました」

そう言いながら、ナムガがこの部屋から助けを呼んだ声を、混乱に紛れて誰も不審がらなかったことに改めてほっとする。

ナムガはあの瞬間、自分の命を危険にさらしたのだ。

ナムガが低く唸るように呟いた。

「あの領主め……ああまで徹底的な卑劣漢だとは」

その、ナムガの瞳が怒りに燃えているのを見て、リンチェンははっとした。

先ほど、ナムガの祖父母の話を聞いたときにナムガの目の中にあったのは、冷え冷えとした昏い怒りだった。

だが今は、その怒りが炎となって燃えている。

自分のためにナムガが怒ってくれているのだと思うと、リンチェンの中に不思議な感動が湧き上がった。

だが、その怒りをそのまままた領主に向けさせるわけにはいかない。

「ナムガ、とにかくここを出て――」

言いかけたリンチェンの言葉を、ナムガが遮る。

「リンチェン、この先どうするつもりだ」

「この先……」

どうすればいいのか。

領主のあまりにもひどい要求に対して。

リンチェン自身、どうすればいいのかはわからない。

だが領主の要求は、決して呑むことができないものだ、それだけはわかっている。

リンチェンは真っ直ぐにナムガの目を見つめた。

「言いなりになど……なりません、決して。私も先ほどは驚いて竦んでしまいましたが、心構えをしていれば」

先ほども、うっかり領主と二人きりになってしまったのが悪かったのだ。

それは、ナムガのことを知られたのではという不安からだったが、それは今口にしてはいけない。

「とにかく、私がしっかりしていればいいのだと……思います。それより」

リンチェンは、タシのほうを振り向いた。

タシは、誰かが来たらすぐわかるように隣室との境の扉に耳を当てていたが、リンチェンの視線に気づいて側に寄る。

「とにかく早く、ナムガを安全に、外に」

ナムガがここにいて、僧たちに見咎(みとが)められたら。

僧たちが冷静になって、先ほどの助けを求める声の主を探しはじめる前に……領主を歓待する宴で僧院の中がざわついている間に、ナムガを逃がさなくては。

　だがその前に、ナムガに言いたかったことがある。

「あなたに、お礼を言いたかったのです……それとお詫びも。あなたと過ごした時間は楽しかった……そして、ご迷惑をおかけして、いやな思いもさせてしまって、すみませんでした。さあ、とにかく早く」

　リンチェンが早口でそう言うと、ナムガが唇を噛み、そして思いきったように言った。

「リンチェン、俺と一緒にこの島を出ないか」

「――え？」

　リンチェンは驚いてナムガを見た。

　ナムガの顔は真面目だ。瞳も、真っ直ぐに真剣に、リンチェンを見つめている。

「島を……出る……私が……？」

　思いがけない言葉に、思わずただ繰り返すと、ナムガが頷く。

「お前は、籠の鳥だ。広い世界に憧れているだろう？　それなのにお前はこの島に縛りつけられて、あんな領主に頭を下げていなくてはいけない。そんな生活から逃れて、外の世界に出るべきだ……そして、広い世界の中で、自分というものを知るべきだ」

　外の世界へ。

　あの、島の外に広がる広大な世界へ。

山々の麓へ、そして山々を越えた向こうへ。

リンチェンの目の前に、峠を越えた瞬間に目の前に広がる美しい湖と、その先にそびえる雪を戴いた双つ峰の景色が広がったように感じた。

島の外に出れば、自分の目で見られる景色。

それは、どんなに素晴らしいだろう。

そして……自分というものを知る。

生き神としての自分ではなく、ナムガが言ったような、一人の人間としてのリンチェンというものを。

そんなことが可能なのだろうか。

生き神である自分を捨てて、ただのリンチェンとして生きるなど。

それもナムガと一緒に、だ。

リンチェンに世界を見る新しい目を、新しい考え方を、教えてくれた人。

短い時間だったのに、リンチェンにこれほどまでに大きな変化をくれた人。

ナムガに手を取られ、ナムガが導いてくれるままに、新しい世界で新しい自分として生きていく……それは、なんという誘惑だっただろう。

リンチェンの胸に、恐ろしいほどの渇きがせり上がり――

次の瞬間、リンチェンはきつく目を閉じた。

いや。

無理だ。

そんなことはできない。

なぜなら自分は……神託で選ばれた生き神なのだから。

リンチェンの運命は、自分で選び取るものではなく、神託によって決められたものなのだ。

自分がいなくなったら、僧院はどうなるだろう。

生き神を失った僧院に、巡礼たちは訪れるだろうか。

領主は援助をしてくれるだろうか。

その領主との今後に大きな不安はあるが……それでも、生き神が自らその地位を捨てるなど、あってはいけないことなのだ。

生き神である自分が今この僧院を棄すてることは、領主に屈するのと変わらない罪だ。

そしてさらに……

ナムガには、ナムガの目的がある。

領主を殺して、祖父母の仇を討つこと。

リンチェンの中で、仇討ちを肯定できるのかどうかはよくわからない。だがただただ、人を殺すことはいけないことだからと、軽々にナムガを諫める気にはなれない。

それはリンチェンがうかつに意見できるようなことではなく、ナムガが決めることであり、それがナムガの運命であり人生だ。

そういう目的を持つナムガと、自分がともに行って、自分に何ができるだろう。

ただ外の世界を見たい、というだけで。

何も知らない、何もできない自分は、何かの役に立つどころか……ナムガの足手まといに、邪魔になるだけだ。

リンチェンはゆっくりと息を吐き、そして目を開けた。

ナムガの黒い瞳が、まだじっとリンチェンを見つめている。

だがその瞳は、リンチェンの瞳の中にある決意を見て取ったように、わずかに曇った。

「私は……行けません」

「……やはり、そうか」

ナムガはぽつりと答え、リンチェンは頷く。

「私はここでやるべきことがあります。そして、ナムガには……」

ナムガのやるべきことが。

だが——その結果、ナムガ自身が、むざむざと命を落としてほしくは、ない。

「……あなたと、また会えると……信じています」

ようやく、それだけをリンチェンは言葉にした。

生きていてほしい、そしてまた、会いたい……と。

リンチェンが視線に籠めた想いを、ナムガが正確に読み取ったのが、ナムガの瞳にゆっくりと現れる変化でわかった。

「……わかった、では今は、一人で去る」

ナムガはそう言って、じっと二人の会話を聞いていたタシのほうを向いた。

「さあ、タシ、面倒をかけるが、案内してくれ。誰かに見咎められたら、遠慮なく俺を捨てろ」

「大丈夫です、本堂の裏に、畑に出る小さな出口があるので、そこからちゃんと外までお連れします」

タシが頷き、再びそっと扉に寄ると、細く開けて、隣室に誰もいないのを確かめて頷いた。

「廊下の様子を見てきます」

そう言って、するりと扉を抜ける。

その後ろ姿を見送って、ナムガがもう一度リンチェンを見つめた。

その瞳の奥に、何か切ないものがある。

もしかしたら、これきり二度と会えないのではないだろうか。

そう思った瞬間、リンチェンの胸に、強い衝動が湧き上がってきた。

この人に触れたい……この人の体温を、覚えておきたい。

一度だけ、屋上に誘われたときに、差し出された手に自分の手を重ねた、あの温かさをもう一度確かめたい。

「ナムガ……」

思わずリンチェンがナムガのほうに手を伸ばすと、ナムガがはっとしたようにその手を見て……

リンチェンの手を、ナムガの手がぎゅっと握った。

そのままぐいっと引き寄せられる。

次の瞬間、リンチェンはナムガの胸に抱き寄せられていた。

じかに握られた手の熱さ、そしてチュバ越しに感じる、リンチェンをすっぽりと包み込むナムガの逞しい身体。

リンチェンの全身に不思議な震えが走ったが——

「大丈夫です」

タシの声が聞こえ、ナムガがはっとしたように腕を緩める。

身体が離れ、そして視線が絡んだ。

「……また、会える」

ナムガが、低い……しかし力の籠もった声で言って、頷く。

そのままさっと向きを変えると、ナムガはタシが開けている扉の隙間から出ていった。

振り返ることはなく。

扉が閉まってその姿が見えなくなった瞬間、リンチェンの胸がぎゅっと痛くなったが、リンチェンはそのあたりの服の布地を強く摑んで耐えた。

タシが、無事にナムガを僧院の外まで出したと報告してくれ、リンチェンはほっとした。

上階の自分の部屋に引き上げ、簡単な夜食を摂り、タシが下がると、リンチェンは窓辺に寄った。

寒さ避けの厚地の布を捲り、木の窓を押し開けると、さっと冷たい空気が入ってくる。

僧院の周囲にはたいまつが焚かれ、祭りの興奮がまださめやらぬ巡礼たちのざわめきが聞こえる。

凍った湖面は、そのたいまつの光できらきらと光り、向こう岸は闇に沈んでいる。

ナムガは夜のうちに湖を渡るのだろうか。

それとも、島に残るのだろうか。

領主を狙うことを諦めず、機会を窺うのだろうか。

領主を狙い、仇を討ったら、ナムガ自身の命もそこまでだ。

だがナムガは、また会える、と言った。

その言葉は真実の響きだった、とリンチェンは思う。

自分はどうして、こんなにもナムガの言葉が真実だとわかるのだろう。

領主の専横、領主がナムガの祖父母の仇であること、それはナムガの口から聞いただけだが、それでもリンチェンは、それが確かに真実だと感じられる。

そして……自分がナムガのために嘘をつこうとしたことも、不思議だ。

領主に、ナムガの存在について尋かれたら、「知らない」と嘘をつこうとあの瞬間決意していた。

嘘は罪だと教えられてきた自分が、ナムガのためなら嘘をつこうと思えた。

神々は怒るだろうか。

だが、嘘をつかなければナムガが命を落とす……あの領主の手にかかって。

それは正しいことだとは思えない。

これまで、経典に書かれていること、僧たちに教えられたことがすべてだと信じてきた自分に、いったい何が起きているのだろう。

リンチェンには、その答えがわかる。

ナムガだ。

ナムガが自分に新しい世界を教えてくれ、自分がリンチェンという一人の人間だと教えてくれ、リンチェンは自分の中に、新しい目が開かれたように感じている。

額に描く第三の眼、水の神の眼とは違う、リンチェン自身の目が。

ナムガは特別な人なのだ。

掌（てのひら）に、そのナムガの手の熱さが残っているような気がして、リンチェンはそっと掌を頬に押し当てる。

ナムガの体温。

その瞬間、リンチェンは、心の奥底にある正直な気持ちを意識した。

本当は、ナムガとともに行きたかったのだ。

それが許される立場なら。

しかし、自分は神託で選ばれた生き神だ。

だからこそ、一緒に島の外に出ようというナムガの誘いを受けることはできなかった。

だが生き神としてここに残ったリンチェンの前には、領主からの恐ろしい脅しがある。

身体を差し出せ、さもなくば僧院を潰す、という。

自分はこれから、その要求に立ち向かわなくてはいけない。

ナムガの前では「言いなりになどならない」と言い切った。

でも、本当にそんなことが可能なのだろうか？

どうすればいいのだろう。

どうするのが正しいのだろう。

孤独だ、と——ふいにリンチェンは思った。

これまでそんなことを意識したことがなかったのに、今、こんなにも孤独だと感じる。自分が一人の人間だと意識したとたんに、こんなにも心弱くなってしまったのはどうしてなのだろう。

誰かに……あの人に……側にいてほしい。

「ナムガ……」

リンチェンの唇から、ナムガの名が零れた。

その瞬間、リンチェンの中で、何かが崩れたように感じ……

胸の奥から熱いものがせり上がってきたかと思うと、両目から、涙が溢れ出し……

「ナムガ……ナムガ……！」

ほとんど無意識に、リンチェンは縋(すが)るようにその名前を繰り返していた。


その夜から、リンチェンは熱を出した。

寒いのに窓を開けて窓辺になどいたからだと、僧たちには怒られた。

だがそのおかげで、領主との問題は先送りになった。

領主の居城のほうで何か用事ができたらしく、領主は二日間僧院に滞在しただけで、慌ただしく島を出ていったのだ。

だが……「用事が片づいたらまた来る」という言葉を残している。

僧院としても、断る理由も権利もない。

だがとりあえず、考える時間はできたのだ。

床の中でタシからそんな事情を聞きながら、リンチェンは、このまま一足飛びに春になって、氷が溶けてくれれば、と思った。

その日から、リンチェンは自分が暮らす僧院を、そして外の世界を、これまでとは違う目で見はじめた。

祭りが終わると、これから天候が荒れる季節に向かうこともあって巡礼の数も減り、儀式も数日置きになる。

それでも、冬の間中、完全に巡礼が途絶えることはない。

その人々がやってくる外の世界も、この僧院も、一人の男に命運を握られている。

この島は、その男……領主という庇護者の存在に生かされている。

年に一度島を訪れる庇護者としか思っていなかったその領主が、人々を苦しめ、村を潰し、そうやって自分が生んだ憎しみの結果として命を狙われる。

命を狙う男のほうも、自分の命を賭けている。

この大地は、なんという悲しみに彩られているのだろう。

そして、自分もまた。

ナムガという一人の男によって新たな世界への目を開かされながらも、領主というもう一人の男によって、自分の足元が揺らぐのを感じている。

――僧たちは、領主がリンチェンに望んだことを知っているのだろうか。

その疑問が、あれ以来リンチェンを悩ませている。

僧たちは、生き神は純潔でなければならないと言う。

だが領主は、純潔でなくなっても、それを言わなければわからないのだから構わないという。

神を怖れぬ言葉だとは思うが、ではもしリンチェンが純潔を失ってなお生き神として振る舞い続けようとすると、何が起きるのだろう?

儀式のときに、神罰が下って雷に打ち倒されるのではないのだろうか。

だが領主は、リンチェンの前の生き神にも同じことを要求したと仄めかしていた。

そしてその、前の生き神が気に入らなくなって殺した、と。

ということは、その生き神は神罰を受けたのではない。もし神罰ならば、領主にも下らなくてはおかしい。

——もしかしたら、神罰などというものはないのではないか。

リンチェンの胸に、恐ろしい疑問がよぎった。

ナムガの祖父母の村が領主に潰されたというのに、領主に神罰は下らない。

ナムガの仇討ちも失敗した。

どうして神々は、領主の横暴をそのままにしているのか。

もしかしたら神々の存在はあまりにも遠く、人の世界で何が起きていても、神々は気に留めもしないのではないだろうか。

いや……神々には何か、深いお考えがおありなのだ。

リンチェンはそんな考えに縋りついたりもする。

これまでにも、神々が人の世界に介入するのはよほどのとき、神々はまず、人の問題は自分たちで解決することをお望みなのだと教わっている。

だが、神罰が下らないとしても、偽りの生き神として生きることはリンチェン自身をどれほど苦しめるだろう、という想像はつく。

その苦しみこそが神罰なのかもしれない。

だがそれなら、ナムガの苦しみは？　ナムガには神罰が下る理由などないはずなのに。

リンチェンにはそれがどうしても理解できない。

そして……もし生き神が領主の閨に召されるとして、僧たちもまったくそれを知らないなどということはありえるのだろうか。

リンチェンの行動はすべて僧たちが把握している。

僧たちに黙ってナムガと二人でこの屋上に来たとき、僧たちはあれほどに騒ぎ立てていたのだから。

だとすると。

リンチェンの頭に、さらに恐ろしい考えが浮かんだ。

……僧たちは、領主の命ずるままに、生き神を領主の閨に差し出すのだろうか？

僧たちは神々に日々祈りを捧げながら、実は神々よりも領主のほうを怖れているのだろうか？

僧たちのつとめもまた、上辺だけの偽りなのか？

いや、そんなはずはない。リンチェンの直接の師たち、特にイシ師のような人は、高潔で真っ直ぐで己にも厳しい、信頼すべき人だと思う。

だがそう思えば思うほど、僧院に対する領主の存在の大きさが不気味に思える。

僧たちに、言うべきなのだろうか、領主の要求のことを。

リンチェンは、ナムガが去ってからずっと、それを迷い続けている。

もしそれを聞いて僧たちが怒り、リンチェンを守ってくれるのならいい。

だが……僧たちがすべて承知の上で、領主に従うように求めるのなら、逃げ場はなくなる。

リンチェンは、それが怖い。

だから、僧たちに何も言えないし、尋けない。

生き神として選ばれた以上、自分には、この島を、この僧院を守るつとめがある。

だがそのつとめに従い、領主の言いなりになれば、本来の生き神としての資格を失う。

生き神としての資格を失うのなら、この島にいる意味はない。

だとしたら、ナムガとともに行っても許されたのではないだろうか。

結局のところ、リンチェンを苦しめているのは、それだった。

自分は正しい生き神として存在することができるのか。

それができないなら……ここにいる意味はあるのか。

生き神ではない、一人の人間として、自分は自分の望むままに生きることを許されないのだろうか、と。

望むまま、というのが……ナムガに差し出された手を取り、この島を出ることだと、自分ではわかっている。

ナムガに会いたい。

そしてそのナムガは、今頃どうしているのだろう。

まだ、領主を殺す機会を狙っているのだろうか。

ナムガにそんな罪を犯させたくない。

だがそれを止める権利も自分にはない。

リンチェンは、自分がこの島に閉じ込められ、何もできずにがんじがらめになっているのを感じている。

本堂を巡って神々に祈りを捧げても、これまでのように晴れやかな気持ちになることがないのが、辛い。

そんなことを考えていた、ある日。

イシ師がリンチェンの部屋を訪れた。

教育係を離れて久しいイシ師が、個人的にリンチェンの部屋を訪れるのは久々のことだ。

「祭りからずっと、気分がすぐれないと聞いたが」

タシが茶を用意してから隣室に下がると、イシ師が尋ねた。

「薬師も風邪は治っていると言っているし、三日後にはまた祝福の儀式も再開される予定だが、お前の様子がどうにも気になってね……何か悩みでもあるのか?」

イシ師の声音は穏やかだ。

このイシ師の落ち着きは、リンチェンにとっていつも心強いものだった。

リンチェンの教育係が長かったこともあり、リンチェンの中にある基本的な経典の知識は、皆イシ師から教わったものだ。

リンチェンは、僧院の僧たちの中でもイシ師を特に慕っているし、信頼もしている。そのイシ師にこんなふうに心配をかけるのは本当に心苦しい。

「申し訳ありません……」

「謝ることではない。日々、神々に無心にお仕えしていても心の中に悩み事は生じるものだ。よかったら、話してみないか？」

イシ師の落ち着いた声音は、リンチェンの、経典に関する疑問をひとつひとつ解いてくれた頃と同じだ。

言ってみようか……打ち明けてみようか、領主の要求のことを。

一人で考えていてもどうしようもないのだから。

イシ師ならリンチェンの悩みをわかってくれ、一緒に解決方法を考えてくれるのではないだろうか。

リンチェンが躊躇いながら、そう思ったとき。

「あの男のことではないのか？　ナムガ、と言ったか」

イシ師が尋ね、リンチェンははっとしてイシ師を見た。

ナムガのことで思い悩んでいると、イシ師はどうしてそう思ったのだろう。

リンチェンがとっさに言葉を返せずにいるのを、イシ師は肯定と受け取ったのだろうか、静かに頷いた。

「彼を近づけたことがお前のためによかったのかどうか、私たちも心配していたのだよ。彼はお前に、外の世界のいろいろなことを話してくれただろう。その中には、経典と合致しないような話もあったに違いない。異なる価値観も感じただろう。それでお前の中で、何かが揺らいだのではないか？」

イシ師の、言ってみれば見当違いの言葉に、リンチェンは戸惑った。

どうしてナムガのことで悩んでいるなどと思ったのだろう。

ナムガは、リンチェンに違う世界を見せてくれた。

それは確かだ。

だが、ナムガの中に異質な価値観を感じて揺らいでいる、というのとは違う。

彼は経典の中にはない、新しい世界を垣間見せてくれたのだし……リンチェンはそのことで思い悩んでいるわけではない。

領主の卑劣さを聞き、リンチェン自身領主からあんな要求をされなければ、生き神として生きる決意は揺らがず、ナムガのことも……特別な人だとは思っても、一緒に島を出ることは単なる内心に秘めた憧れとして、いつか忘れることもできたかもしれない。

悩みの根幹は、領主なのだ。

イシ師は、リンチェンが領主と二人きりになったわずかな時間に何が起きたのかを、まるで疑っていないのだろうか。

ということは、領主の……リンチェンの身体を我が物にしたいという望みを、イシ師は知らないし、想像もしていないのだろうか？

前の生き神のときも、そうだったのだろうか？

もちろん、リンチェンの前の生き神がいた頃は、イシ師はまだ若く、もしかしたら出家もしていなかったかもしれない。

もし今イシ師に、領主の望みのことを打ち明けたら、どう反応するだろう。

リンチェンのために、怒り、悲しんでくれるだろうか。

そうだとしても……リンチェンにそれを拒否せよと言ってくれるだろうか。

領主に逆らったら僧院の存在そのものが危ういのだとしたら。

——答えを聞くのが怖い。

やはりどうしても、あのことは打ち明けられない。

リンチェンは唇を噛み、俯いた。

ナムガの存在に心乱されているという自分の言葉が図星だったと判断したのだろう。

「リンチェン、悩んだときは祈りなさい」

イシ師は静かに言った。

「本堂で祈るのもよし、経典を読み返してみるのもよし。すべての答えは経典の中にあるのだよ。よかったら、思い出せる限りの最初の頃に読んだ、易しい経典にもう一度戻ってごらん。初心に返るのは大切なことだ」

これまでのリンチェンだったら、その言葉にどれだけ安心しただろう。

そうではない、そうではないのだと……心の内で思いながらも、

「はい、ご心配をおかけしました」

リンチェンは頷くしかなかった。

経典を読むことで、初心に返り悩みがなくなるとは、リンチェンには思えない。

だがそれこそ、不遜な考えなのかもしれない、とも思う。

経典の中に、何か……悪意の人物から理不尽な要求をされたときの処し方に通じる教えがあるかもしれない。

気が進まないままに、それでもリンチェンは何かに縋りたい気持ちで、イシ師の言った通り易しい経典に立ち戻ってみることにした。

経典は、特別な部屋に収められている。

僧院には経典を刷るための版木が保管されていて、必要に応じて係の僧がそれを紙に刷るのだが、それは神聖な仕事だ。

一枚が、リンチェンの手首から肘までくらいの長さの長方形の紙に印刷され、ひとつの経典ごとにそれを重ね、上下を木でできた表紙で挟んで紐でくくり、保管される。その、紐の結び方まで、経典の内容ごとに細かく決められている。

リンチェンは幼い頃から、その経典の印刷を見るのが好きだった。

印刷をする部屋には墨と紙と木の香りが漂い、僧衣を腕まくりした僧たちが、真剣な顔で手元を見つめている、その透明な緊張感。

刷り上がったものを乾かすために並べている部屋は、空気を動かさないように誰もがすり足で歩く、その動きの丁寧さ。

この経典の中には、僧たちの教育に使われるものもある。

出家して二年目までは、数人がまとめて一人の教師から習い、それからは一人の師を定められ、一対一で教わる。

基本は口伝で暗記し、完全に暗記できてから、深い意味を学ぶためにはじめて印刷された経典を使う。

子どもではあるが一人の修行僧であるタシも、そうやって昼間の数時間を勉強に充てているが、リンチェンはその中に加わったことはない。

リンチェンは暗記は求められず、最初から一対一で教育係から印刷した経典を使って教わってきたのだ。

リンチェンは、出家をした僧ではないから。

これまでリンチェンは、僧院の中で自分だけがそういう存在であることを疑問に思ったことはなかった。

そういうものだ、と教えられたし、自分でも思っていた。

だが今、僧院の中で自分だけがみんなと違う、と思う。

こうして印刷所に来て、幼い頃のように印刷する僧たちを眺めていても、僧たちは邪魔だとも手伝えとも言わず、ただリンチェンの前を通るときには黙って会釈するだけだ。

僧たちは朝起きてから夜寝るまで一日の行動がすべて決められていて、食事すら修行のうちだと言われている。

位が上がるにつれ自分で考えて行動する時間が増えるが、暇な時間などほとんどない。

だがリンチェンには、ぼうっと印刷を眺めていたり、屋上で景色を見たりする時間がある。

ただただ、生き神に選ばれたというだけで。

この先も……自分はこうやって生きていくのだろうか、年を取って死ぬまでこの僧院の中で儀式のときに神の器になるだけで、他の時間は無為に過ごすのだろうか。

いや、それも……領主の要求を躱(かわ)すことができれば、の話だ。

リンチェンは深呼吸をし、印刷所の責任者である僧に近づいて尋ねた。

「入門の経典はどこにありますか？」

「東の三番目の書庫にありますよ」

「ありがとうございます、ではそこにいますね」

こう言っておけば、タシが授業を終えて探しに来てもリンチェンの居場所はわかる。

手燭をひとつ借りて、印刷所を通ってしか行けない廊下に出ると、そこには両側に扉がずらりと並んでいる。

リンチェンはその、東側三番目の部屋に入った。

窓のない小さな部屋で、扉を除いた三方が棚になっていて、ぎっしり経典が積まれている。

部屋の真ん中に小さな机と椅子が置かれていて、持ち出しの許可を得ていないものは、ここで読むようになっている。

リンチェンは、机の上に手燭を置き、整然と並んだ経典の中から幼い頃に最初に教わった覚えのあるものを探し出した。

机の上で束ねてある紐を解こうとしたとき……

「ここですか？　確かに？」

そんな声が聞こえてきた。

隣の部屋からだ。

「そのはずだ、ここは経典ではなく特別な聖具を収めている棚だから」

別な声が答えている。

僧院長の側近の声だ、とリンチェンは気づいた。

僧院長はもう七十に届こうかという年齢で眉も真っ白になっており、儀式のとき以外は僧院の奥深くの自室にいることが多い。

隣の書庫にいるうちの片方は、その僧院長の秘書的な役目をしている僧だ。

弟子を連れて書庫に何か探しに来たのだろう、と思いリンチェンは経典に目を落とそうとしたが……

「この包みの中は？」

「ああ、それではない。それは生き神さまを選ぶときに必要なものだ、当分必要ない」

その言葉にはっとした。

生き神を選ぶとき……それはリンチェン自身に関わるものだ。

リンチェンは、自分がどういうふうに選ばれたのかまったく覚えていないのだが。

興味を覚えて思わず耳を澄ますと――

「こんな場所に、割合と無造作に置いてあるものなのですね」

「その道具じたいに聖なる価値があるわけではないからな」

会話が続く。

「確か、何人かの子どもの中から、正しいものを選んだ子どもが生き神さまだということでしたよね？」

「というか、領主さまが気に入った子どもが選んだものが、結果的に正しいものになる、ということだがな」

　年上の僧が苦笑しながら言った言葉に……リンチェンはぎくりとした。

　どういう意味だろう。

「私もそれを最初に伺ったときは驚きましたが」

「まあ、領主さまのご意向は絶対だからな。逆に言えば、領主さまのお気に召した子どもが生き神さまであるからこそ、この僧院も安泰ということだ、仕方ない。今の領主さまになってからはそうやって選ばれてきたのだからな」

「今の領主さまは、何人くらいの生き神さまの選定に関わっておられるのです？」

「さあ……ごく若い頃に領主になられてすぐ、この僧院に興味をお示しになったということだから……四、五人か。私が知っているのはリンチェンで三人目だが、どれも領主さま好みの似た面差しだな」

　リンチェンは、頭の中でがんがんと何かが音を立てはじめたように感じた。

　生き神は、神託によって数人の候補が選ばれ、いくつかの聖具が示されて、正しい聖具を選んだ子どもが生き神として選定されるのだと、聞いていた。

だが……領主が気に入った子どもが選んだものが、結果的に正しいものになる……？

それはつまり、生き神を決めるのは、神々ではなく、領主だと……？

成長したら我がものにするのはこの子がいい、と決めたから。

つまりリンチェンは、そもそもの最初から、神託ではなく領主に選ばれた。

成長し、領主の要求に応じられるようになったら、領主に差し出されるために。

それを……僧院側は、僧たちは、すべて承知しているのだ。

両脚ががくがくと震えだし、指先が冷たくなっていくのを感じて、リンチェンはぎゅっと両手を握り合わせた。

隣室の会話は続いている。

「そのようなこと、私を信頼してお話しくださり、光栄です。僧院長さまはもちろんご承知として、他には……イシ師などは……？」

「ああいう、理想家肌の学僧には打ち明けられぬよ。あれは、生き神さまを無垢(むく)に育てたり、儀式を仕切ったりするのが似合いだ」

リンチェンは息を呑んだ。

それでは、イシ師は知らないのだ。

だとしたら……打ち明けてしまえばよかった、のだろうか。

だが僧院長も領主の意に従っているのだとしたら、イシ師に何ができるだろう……？

「それにしても」

若い方の僧が尋ねる。

「生き神さまの両親は、どのように考えて子を手放したのでしょうね」

「もちろん、親は何も知らぬ、当然だ。子が生き神に選ばるのは名誉なことで、その後両親はずっと尊敬を受けるのだから、両親にとっても悪い話ではあるまいよ」

「貧乏で子がたくさんいれば、なおさら……ということですか」

「だからこそ、あえてそういう家から候補を選ぶのだよ……ああ、あった、これだ」

「ありました、お持ちします」

「ゆこう」

探していたものが見つかったのか、僧たちは隣室を出ていく。

リンチェンは呆然と、座り込んでいた。

自分を選んだのは……神々ではなく、領主。

自分がここに生き神として在ることに、神々はまったく関わっていない。

それは——本当の生き神ではない。

それなのに、巡礼たちは自分を崇め、自分の手から受け取るカタを押し戴き、感激して戻っていく。

そんな資格など、自分にはないのに。

領主の閨に召されようと召されまいと、純潔を保とうと失おうと、自分には最初から、生き神の資格などなかったのだ……！

僧たちが、僧院ぐるみで荷担しているのだとしたら、この僧院そのものに巡礼を集める資格などないということになる。

そういえば……と、領主の言葉を思い出す。

リンチェンの美しさや神々しさの噂が遠くまで聞こえているからこそ、巡礼が集まり、領地に金を落としていく……それがリンチェンの価値だ、と。

そもそも僧院は、領主の領地を物質的に潤すために存在する、ということなのか。

そんな、そんなことがあっていいはずがない。

リンチェンは、自分の存在が足元から根こそぎ覆るような気がした。

震える手で経典を片づけ、手燭を持って廊下に出る。

すると、廊下の向こうからタシが小走りにやってきた。

「リンチェンさま」

いつも通りの明るい声で、リンチェンを呼ぶ。

「印刷所で、こちらにおいでだと伺いましたので……あの」

側まで来て、驚いたように声を上げる。

「お顔の色が……お部屋に戻られますか？　薬師をお呼びしますか？」

「ううん、ちょっと……ちょっと、疲れただけだから」

リンチェンはなんとかそう言った。

「部屋に戻るから……静かに、誰にも何も言わないで」

「……わかりました」

タシはそう言って、リンチェンの手から手燭を受けを取る。

震える脚で階段を上り、自分の部屋に辿り着くと、リンチェンは敷物の上に頽れた。

「リンチェンさま……」

タシが泣きそうな顔でおろおろしているので、なんとか微笑む。

「大丈夫だよ、少し休めばよくなる、病気ではないから」

タシはリンチェンの側に座り込む。

「私はこんなとき、なんのお役にも立てなくて……私が家にいた頃、具合が悪くなると、母がヤクの乳で煮た団子汁を作ってくれたのですが、それを食べるとすぐに元気になったものです。リンチェンさまに、何かそういうものを差し上げられたらいいのですが……」

「お母さん、が」

リンチェンは思わずその言葉に反応した。

タシはまだ十歳になったばかり、昨年出家して、まだ母の記憶も新しく懐かしいのだろう。

「そういえば……ご両親には、会えたの……？」

冬になったら、親が巡礼に来て、会えるかもしれないと言っていたのだ。

タシは嬉しそうに頷いた。

「冬の初めに妹が病気になったとかで遅くなったのですが、昨日ようやく。次の儀式まではいられないとのことですぐに帰ったのですが」

「そう……妹さんの具合は？」

リンチェンが尋ねると、タシはにこっと笑った。

「もう心配はないのです。それに、話を聞いた施療所のお師さまが念のために薬をくださったので、本当に喜んでいました」

タシの笑顔に、リンチェンの胸も温かくなる。

「そう、よかったね」

タシは嬉しそうに頷き、それからはっと思い出したように、懐に手を入れた。

「ああ、それで、これをお渡ししたいと思っていたのです」

布の包みを取り出し、掌の上で解くと……そこには、小さな、透明な光を放つ石がひとつ、載っていた。

「これを、両親が、リンチェンさまにって。僧院に捧げ物としてお渡ししたいと持参したのですが、私がリンチェンさまにお仕えしていて、とてもおきれいで優しくて、私をかわいがってくださる方だと話したら、それならぜひリンチェンさまに直接差し上げてほしいって」

「これを、私に？」

リンチェンの胸がじんわりと熱くなった。

息子をかわいがってくれているから、と……。

両親が、出家した息子をどれだけ心配し、大切に、かわいく思っているかがわかる。

だが、タシは自分を本物の生き神だと思うからこそ慕ってくれるのだし、タシの両親も息子が仕えているのが偽の生き神だなどとは思ってもいないだろう。

自分に、これを貰う資格はあるのだろうか
タシに、自分は実は、本当の生き神ではないのだと打ち明けるべきなのではないだろうか。

躊躇っているリンチェンに、タシが無邪気な口調で言った。

「どうぞ、お手を」

リンチェンに手に、その石を載せる。

意外に軽く、優しい丸みを帯びて光っている、美しいものだ。

「これは、故郷のほうで取れる珍しい石なんです。私も小さい頃、よく川に探しに行ったものです」

タシが少しばかり得意げに説明する。

「これは特に美しいです。両親が、これはぜひリンチェンさまに差し上げたいって……私が話した、リンチェンさまの雰囲気にぴったりだからって」

この美しい石が……自分の雰囲気に似ていると、タシは言ってくれる。

タシの目に映る自分は、本当にこんなに透明で優しく美しいのだろうか。

リンチェンにはそれ以上に、この石は、息子を思うタシの両親の愛情で輝いているような気がする。

両親の愛というのは、なんと美しいのだろう。

これを、持っていたい、とリンチェンは思った。

何かひとつのものに執着したことはないし、私物として特に何かを望んだこともないが、この石は手元に大事に持っておきたい。

小さな石ひとつ、捧げ物として僧院のものになっても、片隅で忘れ去られてしまうかもしれないが……これはリンチェンにとって、特別なものだという気がする。

そっと手を握ると、石が仄かな温もりを帯びているように感じた。

これが、両親の温もりなのだろうか。

そう考えたとき、リンチェンの脳裏に、先ほど洩(も)れ聞いた僧たちの会話が蘇(よみがえ)った。

自分の両親。

僧たちの話からすると……両親は貧しく子だくさんで、リンチェンが生き神に選ばれたことを名誉だと思い、尊敬も受けていると。

リンチェンには両親の記憶はまるでなく、物心ついたときには生き神としてここにいたのだが、これまで漠然としていた「親」というものが、今この瞬間にもどこかに存在しているのだということが、急に実感として迫ってくる。

「私の……両親は、どこにいるのかな」

ぽつりと、思わずリンチェンが呟くと……タシの目が丸くなった。

「ご存じないのですか、リンチェンさまのご両親は、私は生まれた村から二日ほどの村においでですよ」

「え⁉」

驚いてリンチェンは声を上げた。

「タシは、私の両親を知っているの？」

「直接お会いしたことはありませんが、あのあたりでは有名です、ザンカ州のような田舎に生き神さまを出した家があるということは。この島ほどではありませんが、巡礼も行くような場所になっていて、ご両親は信心深く、優しく巡礼を迎えてくださるそうですよ」

タシの言葉に、リンチェンの鼓動が速くなった。

両親が、確かに存在している。

それは、揺らぎかけていた自分の足元を、別な素材で補強してくれるような、不思議な感覚だ。

そこには、自分の居場所があるのだろうか。

自分が偽の生き神だったと知ったら……両親はどうするだろう。

がっかりするだろうか。

だがそれでも……親ならば、優しい人たちならば、温かくリンチェンを家族として迎えてくれるかもしれない。

会いたい。

会って、両親がどんな人々なのか知りたい。

そして、自分という存在がなんなのか、確かめたい。

それは――ナムガの言葉だった。

外へ出て、広い世界で、自分という存在を知るべきだ、と。

あのときは、ナムガについていくことはできないと思った。

少なくとも自分が、神託によって選ばれた生き神だと信じていたから。

ナムガの足手まといになりたくないという思いももちろんあったが、やはり一番大きな理由は、生き神として、この僧院を棄てるわけにはいかないと思ったからだ。

だが――もし、そうでないなら。

今目の前にナムガが現れて、一緒に行こうと言ってくれたら……ここを出ていってもいいのだろうか。そんなことが許されるのだろうか。

ナムガの存在は、この島と僧たちしか知らないリンチェンに別な見方、別な考え方を教えてくれる。

ナムガがいれば、リンチェンは自分の頭で考えることができるような気がする。

ここではおそらく自分は、「自分の頭で考える」ことを求められていないのだろう。

自分は籠の鳥なのだ、とリンチェンは思った。

生き神ではなく、籠の鳥であり人形なのだ、と。

一人の人間として生きたい……リンチェンは今はじめて、心の底からそう思っていた。

その日の夜、リンチェンの部屋を、一人の僧が訪れた。

「少し、話をしに来た」

そう告げた僧が、僧院長の側近の一人だと気づいて、リンチェンははっとした。

書庫にいた僧とは違うが、イシ師より年配の、身分の高い僧だ。

「少し、下がっていなさい」

そう言って、夜着に着替える手伝いをしていたタシを下がらせると、僧はリンチェンに向かい合った。

「今日の昼間に、領主さまからの使いがあった。明日、再び島においでになると」

ぎくりとしたリンチェンを見て、僧はため息をつく。

「やはりな、祭りの日に、領主さまを怒らせたのだろう、お前は。不調法なことだ」

「わ……私は……」

リンチェンの声が震える。

この僧は……領主の要求を知っている、リンチェンが偽の生き神だと知っている僧の一人なのだ。

僧院長の側近は、全員そうだということなのだろうか。

「いいか、リンチェン」

僧の顔が厳しくなる。

「領主さまは、この僧院にとって大切な方だとお前は教えられてきたはずだ。領主さまのお望みは、水の神がお望みのことと心得よ。お前は、領主さまのお望みに従うためにいるのだよ」

「それは……私に、領主さまの……」

閨に侍れというのか、という言葉は喉に引っかかって出てこない。

僧はやれやれ、という表情になった。

「無垢に育てよとの仰せには従ったが、あまり物知らずで臆病なのも困ったものだ」

そう言って、少し猫撫で声になる。

「心配は要らぬ、領主さまはお優しい方だ。お前は、すべて領主さまにお任せすればよろしい。明日の夜だ、わかったな」

明日の夜。

領主ははっきりと、リンチェンを望んでいる。

そしてそれは、僧院長の望みでもある。

「では、心しておくように」

僧はそれだけ言って立ち上がると、部屋を出ていった。

残されたリンチェンは呆然と座り込んでいた。

……道は、二つにひとつだ。

ひとつの道は、領主の要求を断固として拒否することだ。

その場合は、領主の逆鱗に触れて命を落とすことも覚悟しなくてはいけない。

僧院もその後どうなるかわからない。

もうひとつは……僧院のために、領主に我が身を差し出すこと。

それは純潔を失うことだが、リンチェンの中で、その意味合いは変わってきていた。

純潔を失えば、生き神としての資格がなくなる、と以前は思っていた。

だが、自分にはもともと、本物の生き神としての資格はないのだ。

だとしたら……この身ひとつ、領主に差し出しても、何も変わらないのでは……？

それで僧院が救われるのなら。

だが……そう考えた瞬間、リンチェンの身体はぶるりと震えた。

それは、だめだ。

それは結局、生き神の存在を本物と信じて訪れる巡礼たちを、この先もずっと騙し続けることを意味する。

その道を選ぶことは、自分にはできない。

だとしたら、一つ目……領主を拒んで、命を失うこと、を選ぶしかない。

生き神ではなく、一人の人間として……その道を選ぶ。

そしてそれは、リンチェンが一人の人間であると教えてくれたナムガに、二度と会えないことを意味するのだ、とリンチェンは静かに考えた。

ナムガは今、どうしているだろう。

どこかに隠れ潜んで、仇討ちの機会を狙っているのだろうか。

領主の強大な力を知れば知るほど、ナムガの仇討ちがうまくいくとは思えない。

どちらを向いても、自分とナムガの運命は、領主に阻まれ交わらない。

神々は、なんの救いの手も差し伸べてくれないのだろうか。

もともと本物の生き神ではない自分はともかく、ナムガのような人の苦しみも、神々にとってはどうでもいいようなことなのだろうか。

そんなはずはない、そう思いたくはない。

あんなに多くの人々が信仰している神々が、人の世界にまったく無関心だなどと思いたくはない。

「神々よ……！」

リンチェンの唇から、呻くような声が洩れた。

「水の神よ、地の神よ、空の神よ……！」

空の神、と口にすると、あの本堂の神像が脳裏に浮かんだ。

そして、その神像によく似たナムガの顔が。

その瞬間――

リンチェンの頭の中に声が響いたような気がした。

来い、と。

力強い声……空の神の声、なのだろうか？

どこへ来いと言っているのだろうか？

わからない。だが、行かなくては。

立ち上がり、急かされるように部屋を出る。

夜更けのことで静まり返っている僧院の中を、リンチェンは本堂に向かっていた。
空の神が呼んでいる。
あの神像が立っている場所に近づくにつれ、それは不思議な確信に変わった。
確かに、あそこに自分は呼ばれている。
薄暗い本堂の中を、小走りにリンチェンは空の神に向かった。
その神像は……そこに立っていた。
右手の人差し指を真っ直ぐに上に向けた、力強く明るい目の、逞しく美しい神像。
ナムガとよく似た。
だが神像は、いつもと同じにただ黙ってそこに在るだけだ。
ここに来て、そしてどうせよと言うのだろう。
「あなたは、私をお呼びになりました」
リンチェンはそう言って、神像の前に額ずいた。
「どうぞ……お導きを……私はどうすればいいのか、お教えください……！」
縋る思いで、そう口にしたとき
「お前の心は何を望んでいる？」
頭の中に、再び声が響いたような気がした。
穏やかで落ち着いた、優しく、しかしどこか厳しさもある声。

先ほどよりもはっきりと。

これが——空の神の声なのか。

リンチェンは自然にそう受け止めていた。

声は続く。

「お前がすべきことではなく……お前が望むことは？」

すべきことではなく……望むこと。

僧院のためとか、領主の思惑とか、そういうものを一度すべて忘れて、生き神として生きてきたことすら忘れて、リンチェンが一人の人間として望むこと。

それは——

「ナムガに、会いたい。そして、もう一度ナムガが手を差し伸べてくれるなら、ここを出て広い世界を見てみたい——！」

絞り出すように、リンチェンがそう言うと。

「だったらそうすればいい」

神の声が少し近づき……そしてその声に、笑いが混じったような気がした。

はっとして顔を上げると。

神像の陰から、ゆっくりと人影が歩み出た。

男らしく整った、しかし優しい顔立ち。明るく力強い瞳、そして笑みを浮かべた口元。

まるで神像が生きた人間に乗り移ったような。

いや、違う、もちろんリンチェンにはその瞬間にわかっていた。

「ナムガ！」

リンチェンがよろめくように立ち上がった瞬間、ナムガが両腕を広げ——

そしてリンチェンは、自分がこんなことをするなどと想像もしなかったことをした。

ナムガの胸に飛び込んだのだ。

旅に汚れたチュバの背中に腕を回し、しがみつく。

ナムガだ。

本物の、生きた体温の、ナムガだ……！

ナムガの腕がリンチェンを抱き締めた。

リンチェンの全身に、不思議な震えが走る。

「ナムガ……無事で……」

「お前も」

ナムガは頷く。

「でも、どうして」

ナムガがここにいることの意味は、なんだろう。

まさか。

「もう一度……領主さまを……？」

リンチェンがナムガを見上げて尋ねると、

「いや」

ナムガは首を横に振った。

「今夜ここに来たのは、今度こそお前を連れ出すためだ」

「え」

驚いてナムガを見つめるリンチェンに……ナムガは頷いた。

「そのために、俺はここに来た。領主の城のまわりで様子を窺っていたら、明日、また領主が島を訪ねるとわかったから、だとしたらお前を連れ出すのは今日しかない、と」

リンチェンを連れ出しに来てくれた。

それは、身体が震えるほど嬉しい。

だが……

「あなたの……仇討ちは」

「無駄に命を捨てるのはやめた」

ナムガはきっぱりと言った。

「成功するかしないかわからないことに俺一人の命を賭けるより、もっと確実にあの領主を罰する方法を見つけるべきだと考えた」

領主を……

「罰する？」

リンチェンには意味がよくわからない。

神罰でも下す方法があるというのだろうか。

だが、そんな方法があるとしても、

「でも……私がついていって、あなたの邪魔になっては……」

ナムガの足手まといになりたくない、という気持ちに変わりはない。

だがナムガは、真っ直ぐにリンチェンを見つめた。

「俺がお前を連れ出したいのは、俺自身がそうしたいからだ。あの領主にお前を好きにさせたくない、お前に外の世界を見せてやりたい、それが俺の望みであり……お前の望みだと信じるからだ。それだけでは足りないか？」

その言葉の中にある、力強さと優しい熱が、リンチェンの胸に不思議なざわめきを呼んだ。

「お前はまだ、ここに残らなくてはいけないと思っているのか？」

ここに残らなくてはいけないかどうか。

その問いに対する答えは、ひとつしかない。

自分が本当の生き神ではないとわかった今なら。

そして、ナムガが命がけの仇討ちに代わる方法を考え、その結果をリンチェンとともに見たいと言ってくれるのなら。

「あなたと……あなたと、行きたい……！　でも」

リンチェンの中には、まだ大きな不安がある。

「私がここを出ていったら、領主さまは僧院を潰すのでは……」

「それはない」

ナムガはきっぱりと言った。

「この地に来てから、俺は領主の周辺でいろいろなことを調べ、見聞きした。ここを訪れる巡礼から、あの男は不当な税を取り立てている。あの男がそれを手放すはずはない。この僧院はあの男にとって、大切な金蔓(かねづる)なんだ」

僧院を潰せば、その領主の不当な収入がなくなるから、潰すはずはない。

あれは、リンチェンに言うことを聞かせるための脅しだったのだと、今こそリンチェンにもわかる。

リンチェンの表情が変わったのを、ナムガは見逃さなかった。

「決まりだ」

そう言って、にっと笑う。

「俺には、お前がそう答えるとわかっていた。お前がここに姿を現した瞬間に」

そういえば……と、リンチェンは空の神の像を見た。

「呼ばれたように思ったのです……ここに来い、と」

ナムガも空の神を見る。

「俺はどうやってお前の部屋まで行こうか考えていた。そして、お前がまたここに来てくれないかと思い、願った。そうしたらお前が現れた……これは、空の神が導いてくれたということだと思う」

そうか。

空の神が、自分によく似たナムガの願いを聞き届け、リンチェンをここに呼んでくれたのだ……！

「では……今すぐ？」

リンチェンが尋ねた。

ここでぐずぐずしていると、巡回の僧がやってくる。

「今すぐ」

ナムガが頷く。

リンチェンの胸がどきどきと音を立てはじめた。

「何か、持っていきたいものはあるか」

ナムガが尋ね、リンチェンは首を振った。

懐に、タシの両親から貰ったあの美しい石が入っている。

ここに置いていきたくないと思えるのは、これだけだ。

タシに黙って出ていくのは申し訳ないが、何も知らなければタシを巻き込むこともないはずだ。

「ただ……こんな格好では」

白い、裾の長い薄ものにやわらかい布の沓で、極寒の中に出ていけるだろうか。

するとナムガがにやりと笑って、神像の陰に置いてあった自分の背負子を引きずり出した。

その中から手早く、暖かそうなチュバと革の長靴、そして毛皮の帽子を取り出す。

「生き神さまを誘拐するんだ、これくらいの用意はしてある」

その言葉に、思わずリンチェンの頬は綻んだ。

「生き神ではありません……!」

その言葉を、これほどの喜びとともに口にできるとは思わなかった。

自分は、リンチェンという一人の人間だ。

急いで身支度を調える。

ナムガは、以前タシがナムガに教えた、本堂の裏の小さな出入り口からリンチェンを連れ出した。

外は暗く、寒い。

数少なくなった巡礼たちは、寝静まっているのだろう。

凍った湖面を、半月が照らしていた。

「気をつけろ」

ナムガがリンチェンに手を差し出し——

二人は氷の上を、ひっそりと静かに歩きだした。


夜の旅は、美しかった。

チュバの長い袖の中で手を繋ぎ、凍った地面の上で時折リンチェンが足を滑らせると、ナムガがぐっとその手に力を入れて支えてくれる。

吐く息は白く、鼻の感覚がなくなってきた頃、ナムガがリンチェンの顔を見てそれに気づき、鼻から下を覆う布を巻いてくれた。

布を巻いていてさえ、口を開けると身体の中に冷たい空気が入ってきそうで、ほとんど無言だ。

だがリンチェンは、今自分が確かに島の外にいるのだと、見知らぬ世界を歩き、さらに見知らぬ世界に向かっているのだと、胸を躍らせていた。

その夜は月が傾きはじめるまで歩き、それからナムガが「街道沿いの宿泊所」と教えてくれた小屋で休んだ。

すでに旅人たちが何組か寝静まっているところへ入っていき、隅のほうに場所を見つけて潜り込むと、ナムガが自分のチュバの前を開けてリンチェンをその中に抱きくるむようにして横になる。

ナムガの体温や鼓動をじかに感じて、リンチェンは気恥ずかしいのと同時に、これまで感じたことのない温かな幸福感に満たされた。

神経が冴えて眠ることなどできないような気がしていたのに、ナムガが一度身じろぎしてから寝息を立てはじめると、引き込まれるようにリンチェンも眠りの中に入っていった。

朝になると人々は起きだし、小屋の外でおのおの火を焚いて朝食の支度をはじめる。

狭い小屋の中に十人以上の人々が寝ていたようだ。

ナムガもあたりの石を数個組み、それから少し離れた場所まで行って茶色くぱさぱさしたものを集めてくる。

「……それは?」

リンチェンが小声で尋ねると、ナムガはさっと周囲に視線をやり、微笑みながら他の旅人たちに届かない小声で答える。

「乾いたヤクのフンだ。これに火をつけて焚くんだ」

知らなかった。

気がつくと周囲の人々も、同じようにあたりから燃料を集めてきている。

誰もが知っていることなのだろう……自分以外は。

ナムガは荷物の中から小鍋を出し、雪の塊を入れて火にかける。

リンチェンは、寒さ避けに毛皮の帽子を深く被り、顎まで毛織りの布を巻いたまま、ナムガの作業を見つめた。

雪が溶けてやがて湯気を立てはじめると、今度は荷物の中から茶の塊を出して小刀で削り、その中に入れる。

いちいち質問をしたり驚いたりしていると不審がられると思いつつ、リンチェンは手慣れてきぱきとしたナムガの動きに見とれていた。

何か、手伝えることを早く覚えたい。

湯が色づいて茶の香りが立ちはじめると塩を少し加え、木の椀に入れてリンチェンに差し出してくれた。

顔を近づけると、ほんのりと淡い茶の香り。

薄いし、塩以外何も入っていないのに、おそろしくおいしい。

茶が少し冷めたところに、大麦の粉を入れ、手で練って団子にして食べる。

周囲の人々を盗み見ると、だいたい皆、同じようなものを朝食にしているようだ。

リンチェンは椀の中で上手く粉が練れず、ねとねとしたものが指にまとわりついて戸惑っていると、ナムガが笑った。

「指を舐めてしまえ。子どもはみんなそうやってツァンパの練り方を覚えていくものだ」

そうか、自分は子どもなのか、とリンチェンはおかしくなった。

この世界に生まれ、足を踏み出したばかりの子どもなのだ。

ナムガの言う通りに指についた大麦の粉を舐め取り、椀に残ったものも指で拭って食べてしまうと、ナムガが荷物の中から革に包んだバターの小さな塊を出した。

これも小刀で削って、鍋に残っていた茶の中に入れ、椀に注いでくれる。

じんわりと身体が温まり、腹も膨れ、とても豊かな食事をした気持ちになる。

干し果物と肉を炊き込んだ飯や、揚げ菓子や、美しく色をつけた練り菓子などはおそろしく贅沢な食べ物だったのだろうが、この素朴な食事のほうがはるかにおいしい。

やがて人々は荷物をまとめ、火を消して立ち上がりはじめた。

「兄さん」

一番近くにいた家族連れの父親らしき男が、ナムガに話しかけてくる。

「夫婦連れの巡礼かい？　うちははじめてなんだが、まだ島は遠いのかね？」

リンチェンははっとした。

この人たちは、巡礼なのだ。

首元に巻いた布を、そっと鼻まで引っ張り上げる。

ナムガが男に向かって答える。

「もうすぐそこだ、昼前には着くだろうよ」

「そうかい、どうせ同じ場所に行くのなら、一緒に行かないかね」

男に他意はなさそうで、人懐こくにこにこしている。

ナムガはどう答えるのだろう、とリンチェンが無言で見つめていると、ナムガはさらりと答えた。

「いや、実は女房が身重で、それに昨日足を少し痛めたので、ゆっくり行くつもりなんだよ」

「そうかい、それじゃ仕方ないな」

ちょっとした社交辞令だったのだろうか、男はあっさりと引き下がった。

「うちは、ヤクを十頭売って、やっと巡礼に出られたんだ。祭りには間に合わなかったが、御利益は変わらないだろう。後でまた、あちらで会おう」

そう言って、リンチェンにも声をかける。

「じゃあお先に、姉さん、大事にな」

リンチェンが無言で頭を下げると、男は家族とともに僧院のほうに向かっていき……小屋の前に残っているのはナムガとリンチェンだけになった。

もう誰にも会話を聞かれる心配がないと思い、リンチェンはナムガに尋ねた。

「祝福は、どうするのでしょう……生き神がいないのに」

祭りの後は回数が減るとはいえ、祝福を求めて巡礼たちはやってくる。

偽の生き神である自分が祝福を与えることはいずれにしてももうできないのだと思いつつ、やはり罪悪感や不安がないわけではない。

今頃僧院の中は大騒ぎになっていることだろう。

「心配か？」

ナムガが片眉を上げる。

「大丈夫、賭けてもいい。何か、生き神が直接儀式に出られない理由を作るか、誰かが身代わりになるかして、儀式そのものはちゃんと行われる。儀式を中止にしたりすれば寄進も供物も集まらず、僧院も領主も困るからな」

ナムガの言葉には確信が籠もっていて、リンチェンは少し気持ちが軽くなった。

「それで、どこへ行く？」

ナムガは、食事の片づけをし、荷物をまとめながら尋ねた。

「お前の行きたいところ、どこへだって連れていってやる。どこへ行きたい？　双つ峰の湖か？」

もとは双子の星だったという山と、その涙だという湖。

その景色ももちろん見たいが……

「私の行きたいところでいいんですか？　ナムガは……行くべきところは？」

そう言ってから、はっと思い出す。

「ナムガはその……仇討ちは本当に諦めたのですか……？」

領主を罰する別な方法を考えると言っていたが、本心なのだろうか。

ナムガは頷いた。

「ああ」

そう言って、リンチェンをじっと見つめる。

「自分が、こんなふうに考え方を変えるとは思わなかった。あの祭りの日まで、俺は自分の命と引き替えにあの男を殺すことしか考えて言なかったから。俺を変えたのは……リンチェン、お前だ。お前が、俺に死んでほしくないと言ってくれたから」

領主への仇討ちのことを打ち明けられたとき、リンチェンは確かにそう言った。

死んでほしくない……それは、心からの言葉だった。

だが、自分のそんな言葉に、ナムガの考えを変えるほどの力があったのだろうか。

ナムガの瞳に、優しい光が浮かんでいる。

「亡くなった祖父母以外の誰かが、なんの下心も策略もなく、ただただ俺という人間の命を惜しんでくれるとは思わなかった。それは俺にとって……本当に嬉しい、ありがたいことだったんだ」

下心や策略。

それはリンチェンにとって、少し意外な言葉だった。

ナムガは何か、そういう怖れなくてはいけないようなものを背負っているのだろうか。

知りたい、が……気軽に尋ねるようなことでもないように思う。

もしリンチェンが知る必要のあることなら、ナムガが教えてくれるだろう。

それよりも、自分の言葉をナムガがそんなふうに言ってくれることが嬉しい。

そして、仇討ちの代わりにナムガが考えていること。

「もし、領主さまに自分の罪を認めさせ、罰することができれば、それは素晴らしいことだと思います……でも、そんなことができる方法があるのですか」

ナムガは、何か考えるように視線を空に浮かべた。

「大きな力が必要だな……領主の力以上の、大きな力が」

そんな力は……神々の力しか想像できない。

だが神々はそんなふうに都合よく人々の味方になってくれるものではないらしい、とリンチェンは思いはじめている。

あくまでも人が最大限の力を振り絞ったときに、手助けをしてくれるのだろう、と。

しかしナムガは、リンチェンを見て微笑んだ。

「考えがなくもないが、すぐにどうこうできることではない。だから今はそれよりもまず、お前の行きたいところにお前を連れていきたいんだ」

行きたいところ。

双つ峰の湖にも行きたいが……リンチェンの頭にふと浮かんだのは、別な場所だった。

「故郷へ……」

「故郷？」

ナムガが眉を上げる。

「どこだ？」

「覚えてはいないのです、でもタシの故郷の近くだと……ザンカ州、と言っていたような気がします」

「ザンカ州か。だとするとまさに、双つ峰の方角だな。途中で少し北東に折れるんだ」

ナムガはちょっと首を傾げて考えた。

「本街道を通らず行けるな。冬だけ通れる川の道がある。近くまで行って、生き神が出た村を尋ければわかるだろう。それで、行ってどうする？　故郷を見たいだけか？」

リンチェンは少し躊躇ってから首を振った。

「両親に……両親が、いるらしいのです……それなら、会ってみたい」

自分をこの世に生み出してくれた父母、そしているのならきょうだいというものにも会ってみたい。

タシの両親のように、優しい愛情を持って自分を迎えてくれるだろうか。

そして……もしできるなら、自分が生き神に選ばれたいきさつを聞きたい。

洩れ聞いてしまった僧たちの話が本当なら、自分には何も特別なところはなく、何かしら領主が求める条件に合う、適当に集められた子どもの一人に過ぎなかったということだ。

もしそうなら、自分はそもそも生き神ではなかったと証明される。

実のところリンチェンは、自分が神々に選ばれた正しい生き神でありたかったのか、そうでないのかもよくわからない。

だが、ただただ真実を知りたい。

「わかった、ではそこへ行こう」

ナムガは頷いた。

目的地が決まったのだ。

ナムガが座ったまま、食事に使ったものなどをまとめはじめたのを見て、リンチェンははっとした。

荷物はすべて、ナムガが用意したもの。着るものも、食べるものもすべて。

身ひとつで僧院を出てきたリンチェンは何も持っていない。

「あの……旅の費用というのは、どれくらいかかるのですか、私はそんなことも考えていなくて……」

今さらながら、自分が物知らずだと感じて恥ずかしくなる。

するとナムガはちょっと驚いたように眉を上げ、そして苦笑するように目を細めた。

「俺がお前をさらったんだ、さらわれたほうが金の心配などするな」

そう言ってから、リンチェンを見てふと何か思いついたように言葉を続ける。

「だが……そうだな、お前がチュバの下に着ている薄物は誰かに見られたら目立つから、湖から遠ざかった街道のどこかでもっと普通の服に交換していいか。おそらく差額が相当出ると思うから」

「はい」

リンチェンは頷いた。

着ているものも厳密に言えばリンチェンの私物ではないが、まさか裸で出てくるわけにもいかなかったのだし……その、生き神の服が道中目立つというのなら、もちろん普通の服と取り替えてしまいたい。

差額が出るということは、これは相当に上質な布だということなのだろう。

無意識に、チュバの襟元に手をやって下に着ている薄物の手触りを確かめ……それからふと、懐に入っているものに気づいた。

小さな布包み。

「あ……！」

はっとして、それを取り出し、ナムガの目の前で包みを解く。

「これが何かの足しになりませんか」

小さな、透明に光る美しい石。

「これは……？」

ナムガは驚いたように言って、その石を手に取り、陽に透かして見た。

「本物の青水晶だ。こんなものをどうして？」

「タシのご両親がくださったのです」

リンチェンは答えた。

せっかくタシの両親がくれたものをあっさり手放すのは申し訳ないとも思うが、もしもナムガに負担をかけずに済むのなら。

しかしナムガは首を振って、リンチェンに石を返した。

「これは、お前が持っているといい。旅の途中で売るには高価すぎる。とても珍しい石で、神像の宝冠を飾るために奉納されるようなものだ」

「これが？」

驚いてリンチェンは、その石を改めてまじまじと見つめた。

そんなに高価なものだったのか。

美しいと思い、タシと両親の心が嬉しくて受け取ったが、それほどのものだったとは。

「いつか、それが本当に役に立つときが来るまで、大切に持っていたほうがいい」

ナムガの言葉にリンチェンは頷き、石を再び布にくるむと、懐の奥にしまい込んだ。

周囲の旅人たちは、皆出発して誰もいなくなっている。

「そうだ」

ナムガが、ふと気づいたように、少し照れくさそうな笑みを浮かべて言った。

「さっきとっさに、お前のことを女房と言ってしまったが……気を悪くしなかったか」

「え、そんな……」

リンチェンが逃げ出した生き神であると悟られないよう、性別までごまかしてみせたのだろうと思っただけだが……

「お前がいやでなければこの先も、そのほうがいいように思う」

ナムガはそう言って、チュバの背中に垂れた、幾条かの三つ編みにしたリンチェンの長い髪を手で整えた。

大人の男は普通、ナムガがしているように編んだ髪をさらに頸の後ろでひとつに縛るから、リンチェンの髪はむしろ女性の髪型に近い。

「幸いチュバは男も女も同じ形だ。そのまま女だと思わせたほうが、この先も不審を招かないと思う」

確かに自分は背格好も華奢だし、巡礼も男同士よりは夫婦連れのほうがはるかに多いから、そのほうが自然に見えるならもちろんリンチェンに異存はない。

なんとなくナムガと自分が夫婦を装う……ということが、妙に気恥ずかしい気はするが、決していやではない。

「ならば、ちょっと悪いが」

ナムガがたちまち冷えてしまったかまどの石積みから煤を一握り拾って土と混ぜ掌に塗ると、その手でリンチェンの頰を包むようにして、煤をなすりつけた。

「北のほうに、既婚の女は顔をこうやって黒く塗る風習の場所がある。夫が、妻の顔を他人から隠すためだ。こうしておけば、たとえ直接祝福を受けた巡礼でも、お前とは気づくまい」

そういえば、巡礼の中にも顔を黒く汚した女たちがいたような気がする。

リンチェンには自分の顔がどうなったのかわからないが、顔立ちをごまかせるならなんでも構わない。

それよりも、リンチェンの頰に汚れをつけるナムガの掌がくすぐったい。

「……こんなものかな」

ナムガは一歩下がって、リンチェンの顔をつくづくと見つめ……それから、何かを思い出したように、優しく微笑んだ。

「そういえば……最初に儀式で見たときのお前はこの世のものとは思えない神々しさだったが、そのあと、本堂で会ったお前は、確かに生きた人間だったが、心許(こころもと)ない、寄る辺ない子どものように見えたたな」

確かに自分は、寄る辺ない子どもだったのだろう、とリンチェンも思う。

次の瞬間、ナムガの瞳が面白そうにきらりと光った。

「だがそのあと、俺の話を聞いているお前は、外の世界に興味を持つ、生き生きとした一人の人間だとわかった」

ナムガの目に映っていた自分の姿は、リンチェンが自分自身の変化として感じていたものと、まさに同じだと思う。

この人はそんなふうに、自分を見つめていてくれたのだ。

「今の私は……どう見えますか?」

リンチェンが尋ねると。

ナムガはぐっと眉を寄せてリンチェンの顔をゆっくりと眺め……

そして、重々しく言った。

「焼き餅(もち)焼きの夫にうんざりしながら顔を汚している、外仕事に慣れていない巡礼の女房だ」

何か、自分の魂の変化について言ってくれるのかと思って緊張して待っていたリンチェンは、一瞬あっけにとられ……

次の瞬間、ナムガの目に悪戯っぽい笑みが浮かんでいるのに気づいた。

冗談だ。

「もうっ……！」

思わず笑いだし、ナムガの胸を拳で叩いた。

ナムガも笑いだす。

耳に心地よい、明るく優しい笑い声。

その声に煽られるようにさらに笑いながら、リンチェンは気づいた。

ナムガの、この笑い声が……白い歯を見せる笑顔が、とても好きだ。

リンチェンを笑いに誘い、心をほぐしてくれるこの笑顔が。

やがて笑いが収まると、ナムガはまだその余韻を残した瞳でリンチェンを見つめた。

「お前は、そうやって笑っている顔が、いい。お前が笑えるんだと気づいたときには本当に嬉しかった」

そういえば、僧院の生活で心から笑ったことなどあっただろうか。

リンチェンを屋上に誘い出したときに、ナムガが「陽に当たらないと身体が溶ける」と言った、その言葉に笑ったことを思い出す。

あのときのリンチェンを、ナムガも心に留めていてくれたのだ。

嬉しい。

ナムガが自分の笑顔を「いい」と言ってくれるのと同じように、リンチェンもまた、ナムガに笑顔でいてほしいと思う。

ナムガの中にある苦しみは、消えたわけではないだろう。

あの、仇討ちのことを打ち明けてくれたときの、ナムガの昏く激した瞳をリンチェンははっきりと覚えている。

だがきっと、今のおおらかな笑顔のほうがナムガの本質だ。

だとしたら、いつかナムガの苦しみが癒え、ナムガも自然に笑顔で居続けられますように、とリンチェンは願う。

これまで周囲の人々はただ、今あるようにあるのだと、なんの疑問も持たずに来た自分が、この人に「こうあってほしい」と思っていることがまた、自分自身の中での変化だ。

ナムガがリンチェンにそう考えさせてくれる。

ナムガはこうやって、一歩一歩、リンチェンを「普通の人間」にしてくれる。

だったら自分でも、自分をちゃんと人間にしよう。

リンチェンはそう思い……

「では」

ナムガの顔を見上げて、言った。

「私に、旅の夫婦者の、妻がするようなことを教えてください」

さきほどの食事などすべてナムガに任せてしまったが、きっと自分にもできることが、いくらでもあるはずだ。

「私は、いろいろなことを知りたい、手伝えるようになりたい、足手まといにならないようにしたい……覚えることがたくさんあると思うので、教えてください」

ナムガの顔に、今度は優しい、嬉しそうな笑みが広がった。

「わかった、少しずつ教えてやろう……だが、なんでもすぐに一人でできるようになられては、俺が少し寂しいからゆっくりにしてくれ」

その言葉は、焦らなくてもいいという優しさなのだろうとリンチェンは感じた。

「では……行くか」

ナムガが明るい声でそう言ってすっくと立ち上がり、リンチェンのほうに手を差し伸べた。

反射的にその手に自分の手を載せると、ぎゅっと握られ、軽々と引っ張り上げるように立たせてくれる。

ナムガは背負子を背に、リンチェンの手を握ったまま歩きはじめ……リンチェンは、その繋いだ手から伝わるナムガの優しさや温もりを嬉しいと感じながら、凍った大地に足を踏み出した。

旅はリンチェンにとって、驚きの連続だった。

僧院の屋上から見ると、冬は白と茶色の、夏は緑と茶色の平面に見えていた盆地は、実は緩やかな起伏に富み、色彩ももっと鮮やかだ。

東西に流れる大きな川沿いに街道があり、雪を踏み固めた道を、ヤクや馬を連れた人々が行き交っている。

街道沿いには冬の間も枯れずに葉をつけている木々や、雪を被りながらも赤い実をつけている灌木(かんぼく)などが生えている。

大麦の畑は雪に埋もれているが、ヤクや羊がその雪を鼻面で掘り返して下にある枯れ草を食(は)んでいたりもする。

街道沿いに点々とある集落の家々は、日干しレンガや石積み、土壁などさまざまな材質で、稀(まれ)にヤクの骨を積んで作った家などもあって驚かされる。

街道で出会う人々は、口数は少ないが穏やかで優しい。

混み合う宿を避けて野宿しようとすれば庭先を貸してくれたり、雪の夜には家に招き入れてくれたりする。

歩き慣れないリンチェンがナムガの用意してくれた少し大きい革の長靴を履いているの

を見て、ヤクの毛で編んだ温かくやわらかい詰め物をくれた老婆もいれば、ナムガが手持ちの茶を少しバターと取り替えたいと頼むと、長旅のようだからと多めにバターを足してくれる男もいる。

だがそうやって川沿いの街道を歩いたのは五日ほどで、それからナムガは川に注ぎ込む小さな支流沿いに北に折れた。

道は次第に、荒れた峠道になる。

そしてある日、道を逸れて凍った小さなひとつの沢を下りていくと、急に景色が変わった。

両側は切り立った、灰色の崖だ。

その真ん中に、一本の白い道が延びている。

それは凍った川だった。

激流が瞬時に凍ったように、流れや水しぶきのかたちのまま、こちらでは磨かれたように滑らかで、あちらではぎざぎざに尖り、荒々しい景色を造り出している。

両側の崖は高く、空は上のほうに帯となって見えているだけだ。

民家はおろか、木々も、動物の気配も何ひとつない。

空気までが凛と凍っているようだ。

リンチェンはその荒々しく研ぎ澄まされた美しい景色に感嘆した。

「ここを、行くのですか」

「そうだ」

ナムガは頷いた。

「ここは、夏は急流で誰も通ることはできないが、冬の間は商人たちの街道になるんだ。十日ほど歩けば小さな村があるが、それまでは氷の上に天幕を張るか、風が強ければ氷の塊の間に入り込んでやり過ごす」

そう言ってナムガはリンチェンに手を差し出した。

「気をつけて歩け」

リンチェンはごく自然に、その手に自分の手を重ねた。

氷の上に踏み出すと、ナムガが川の上の歩き方を教えてくれる。

すぐにリンチェンは、滑らかな部分よりも、ざくざくと尖った部分のほうが辷(すべ)らずに歩けることに気づいた。

凍った急流は場所によっては人一人がようやく通れるくらいに狭く、手を使ってよじ登らなければいけない。

そうかと思えば、ヤクが二十頭ほど並べそうな広さになる場所もあるが、そういうところは風が強い。

その日のうちにリンチェンは、ナムガの後を、一人で転ばずに歩けるようになった。

夜はナムガの言葉通り、天幕か氷の塊の陰で過ごし、氷の陰のほうが温かいのだと知った。

晴れていれば、藍色の、帯状の空にはぎっしりと星がひしめく。

リンチェンはもう、小刀で茶を削っておいしいお茶を淹れることもできるし、大麦の粉も上手に捏ねられる。

眠るときには、ナムガがチュバの前を開き、その中にリンチェンを包み込んでくれる。分厚い羊革のチュバの内側は、互いの体温でぬくぬくと温かい。

眠りにつくまで、ナムガはいろいろな場所の珍しい話をしてくれる。

リンチェンは、幸せだった。

十日目に、上流から下りてくる商人の一団とすれ違った。

皆、背負子に山のような荷物を積んでいる。

「夫婦者かね。下の氷はどうだい」

「しっかりしているよ」

商人とナムガが言葉を交わす。

「あんたたちは塩商人か」

「そうだ、茶か針があれば交換するが」

「いや、あまり余裕はないんだ」

そんな会話の後、ナムガがついでのように尋ねる。

「ザンカに、生き神さまを出した村があると聞いたが、この先に行ったらついでに寄れるようなところか?」

「ああ、あるな」

商人たちは頷き合う。

「一番新しい、今の生き神さまのことだろう? 親はいい人たちだよ」

一人の商人の言葉に、リンチェンの胸が高鳴る。

「この川を上りきった先で、細い道にぶつかる。それを、左に登らずに右に下りていくんだ。その先に三軒集落があるから、そこで尋ねれば、すぐだ」

「ここからだと、女連れならあと七日だな」

あと七日。

七日で、故郷の村に着き、そして両親に会える。

ナムガは本当に、自分を故郷に連れてきてくれたのだ。

商人たちと別れると、ナムガがリンチェンの顔を見て、目を細めた。

「もう少しだな」

リンチェンは胸がいっぱいになって、無言で頷いた。

そこは、二十戸ほどの小さな村だった。

小川沿いの狭い平地と、そこから両側に向けて上っていく急斜面に、転々と石造りの家がへばりつくように建っている。

雪に埋もれている部分は、大麦の畑や牧草地なのだろうか。

ここが故郷の村だと言われてもまったく記憶にはないが。この国によくある貧しい村の風景なのだと、リンチェンは思った。

村に入る道の傍らにある境界石のところで、ナムガが立ち止まった。

「親に会う前に、顔をきれいにしよう」

そう言って、リンチェンの顔を覆う寒さよけの布を下げ、その顔を汚している煤を布で拭き取ると、リンチェンを見つめた。

「……深呼吸しろ、そして、笑うんだ」

そう言われて、リンチェンは自分が緊張していることに気づいた。

とうとう両親に会う。

どんな人たちだろうか、まずはどう挨拶すればいいのだろうか、と考えすぎての緊張だ。

大丈夫……道を尋ねた村の人も、両親を「いい人たちだ」と言っていた。きっと温かく迎えてくれる。

リンチェンはナムガに言われた通りに深呼吸をし、なんとか頬を緩めて、微笑んでみせた。

「よし」

ナムガがもう一度寒さよけの布をリンチェンの口元まで引き上げて、頷く。

「行こう」

「はい」

リンチェンも頷き返し……二人は並んで境界石の脇を通り、村に入った。

雪に覆われた村だが、よく見ると人々が家の前に出て、洗濯をしたり家畜小屋に藁を運んだりと、大人も子どもも忙しく立ち働いている。

一番手前にあった小さな家の前で、赤ん坊を背負った一人の女が座り込んで、干した豆を選り分けていた。

リンチェンたちが近づいていくと、立ち上がってこちらを見る。

「ちょっといいだろうか」

ナムガが声をかけた。

「ここは、生き神さまの出た村だと聞いたのだが」

「ああ」

女が頷いた。

「巡礼かい。生き神さまの家なら、あの、旗が立っている家だよ」

指さした方向を見ると、斜面の中腹に石積みの小さな家があった。

村の他の家と変わらない佇まいだが、確かにその家だけ、屋根から地面に渡された一本の紐に色あせた五色の布が連なっている。

「お参りをさせてもらえるだろうか」

ナムガがさらに尋ねると、女は頷く。

「あの人たちはいつでも誰でも迎えてくれるよ」

そう言ってから、ちょっと躊躇い、そしてつけ足す。

「供え物はちゃんと持っていってあげておくれ。お参りだけして、茶をごちそうになって、たいした供え物も置いていかない巡礼も多くてね。生き神さまが代替わりするまでは領主さまから年金が出るとはいえ、いつ来るかわからない巡礼のためにいつも茶菓子やカタを用意しておくのも大変なんだよ」

ナムガとリンチェンは思わず顔を見合わせた。

今の言葉だけで、この村の、そして両親の貧しさが想像できる。

それでも、生き神が代替わりするまで……つまり自分が生き神でいる間は、領主から年金が出ているのだと、それもリンチェンははじめて知った。

「きちんとお供えさせてもらうよ」

ナムガは頷き、リンチェンも無言で頭を下げ、示された家のほうに向かい、踏み固めた坂を上る。

旗のある家に近づくと、家の前にいた、タシと同じくらいに見える男の子が駆け寄ってきた。

「うちに来たの?」

リンチェンは思わず、その子の顔をじっと見つめた。

この子は、両親の家の子だろうか、だとしたら自分の弟ということになるのだろうか。

「生き神さまのご両親に、お会いしに来たんだよ」

ナムガが答えると、男の子は身を翻して家のほうに戻り、玄関から家の中に向かって叫んだ。

「母ちゃん、巡礼が来たよ!」

家の中から、さらに二人の、もっと小さい子どもたちが飛び出してきて、続いて一人の女性がゆっくりと出てきた。

華奢で小柄な女性で、ほつれた髪を両手で撫でつけ、二人を迎える。

近づくにつれ、その人の、若い頃には美しかったのかもしれない、生活に疲れた顔がはっきりとしてきた。

リンチェンの胸はどきどきと音を立てはじめた。

見知らぬ人……なのだろうが、どこか、鏡で見た自分の面差しに似たところがあるような気がする。

「突然失礼する」

ナムガが、両掌を胸の前で合わせた。

「生き神さまの家はこちらか」

「はい、そうです」

女性は頷いた。

「こんな冬場に、道は大変でしたでしょう、どうぞお入りください」

そう言って、丁寧に二人を家の中に招き入れる。

家の中は、狭く暗かった。

一間しかない土間で、半分が少し高くなって古ぼけた敷物が敷かれ、奥に灯明が点(とも)された祭壇がある。

冬の間は窓を閉ざしているためか、灯りはそれだけだ。

祭壇の前に一人の男が座っていて、無言で二人に頭を下げる。

この人が……父なのだろうか。

「さ、どうぞ、お連れの方も」

女性がそう言って、ナムガの一歩後ろにいたリンチェンの顔をはじめて見た。

リンチェンはゆっくりと、顔の下半分を覆っていた寒さよけの布を取る。

女性の顔に戸惑いが浮かんだ。

「……どこかで……」

会ったことがあるだろうか、と言いかけたのがわかって、リンチェンはたまらなくなった。

「私は、リンチェンです」

震える声が溢れ出た。

「生き神として選ばれ、島の僧院に行った、リンチェンです……！」

女性ははっとして、両手で口元を押さえた。

視線がリンチェンの目に、鼻に、口元に、そしてまた目に戻る。

「ま、さか」

「リンチェンです、ここが私の家なのですね、あなたは私の……母なのですね」

迸(ほとばし)るようにリンチェンが言って一歩踏み出すと——

母はぎくりとして、同じように一歩下がった。

祭壇の前に座っていた男に向かって、「あんた！」と叫ぶと、男は慌てて立ち上がり、転がるように土間に下りた。

そして二人は、リンチェンの前に跪き、平伏した。

「な……あの」

「おいでになるとは存じませんで、失礼いたしました」

男――おそらく父――がくぐもった声で言った。

「どうぞ、お顔を、お手を、上げてください」

「何か特別なご用がございましたでしょうか」

リンチェンは慌てて父母の前に自分も両膝をついた。

「私はただ……お会いしたくて、来たのです、お二人の子どもとして」

「畏れ多いことでございます」

顔を伏せたまま、母が言う。

「あなたさまは、水の神さまに差し上げたお方、私どもの子であったのは昔の話でございます」

「どうぞ、ご用をお申しつけください、どのようなご用でおいでになったのでしょうか」

父も母の言葉に被せるように言う。

リンチェンは戸惑った。

「用……ただ、あなた方にお会いしたくて……」

声が震える。

両親は……昔手放した息子を、優しく迎えてくれると、思っていたのだ。

リンチェンが唯一見聞きしたことのある「親」、タシの両親のように。

「どうぞ、お顔を見せてください」

リンチェンがそう言っても両親は平伏したままで、リンチェンはどうしていいかわからず、ただただ切なくなり、思わずナムガを見た。

ナムガは黙って腕組みし、唇を噛んでリンチェンと両親の様子を見ていたが、やがて静かに言った。

「両親に会って、言いたかったことや尋きたかったことを、言葉にしてみてはどうだ」

言いたかったこと、尋きたかったこと。

いったい自分は、両親に会って、何をしたかったのだろう。

改めてそう考えると、よくわからなくなる。

「私は……私が……」

躊躇いながらも、リンチェンは尋ねた。

「もし、私が生き神でなくなってこの村に戻ってきたら、困りますか」

そう尋ねながらも、リンチェンには、両親の答えはわかっていた。

自分が生き神でいる間は、領主から年金が出ている。

だが、自分が領主に逆らい、島を抜け出した今、もうその年金だって打ち切られるに決まっている。

ただでさえ貧しい暮らしなのに、年金も打ち切られ、さらに一人の人間が加わったら、この家は持ちこたえられないだろう。

リンチェンが懸命に働いても、自分が食べる分を稼ぎ出せるかどうかなどわからない。

そもそも自分は、こういう村でどれくらい役に立つ働きができるのだろう。

「お、お戻りになる、とは」

顔を伏せたまま父が尋ねた。

「どのような理由で……まさか本当に、生き神をおやめになるのでしょうか」

その不安でいっぱいの声からも、リンチェンの想像が正しいとわかる。

少なくとも自分は、ここに戻って腰を据えるわけにはいかない。

それどころか、両親は一刻も早く自分にここを立ち去ってほしいと思っているようにさえ感じる。

自分がここにいるのは迷惑なのだ、とリンチェンは感じた。

だとしたら……

ここは、自分の居場所ではないのだ。

指先がすうっと冷えていき……胸の中に寂しさがひたひたと溢れてくる。

「わかりました」

リンチェンは低い声で言った。

「ご迷惑はおかけしません、長居もいたしませんので……」

両親の肩から、ほっとしたように少し力が抜けるのがわかる。

だが、このまま去るわけにはいかない。

両親に会って尋ねたかったことがある。

「もうひとつだけ……教えてください」

声が震えたが、リンチェンはそのまま言葉を唇から押し出した。

「私が生き神に選ばれたいきさつを覚えておいでですか。何か、生まれたときに兆しがあったのでしょうか」

そう尋きながらリンチェンは、それこそが両親に会いたかった本当の理由だったのかもしれないと気づいた。

自分が本当の生き神なのかどうか。

神々に選ばれたという証拠があるのかどうか。

それがないとしたら。

「……私どもには、何も」

か細い声で答えたのは、母だった。

「あなたさまは、生まれたときは普通の、ただただかわいい赤ん坊でございました……兆しなどには気づかず……いいえ、これは私どもの無知ゆえだったのだと思いますが……」

「ただ、あなたさまが二歳になられる頃」

父が後を続ける。

「領主さまのお触れが……見目のよい赤子を探している、と……そして村長が、あなたさまがこの村では一番かわいい赤子だと……領主さまにお知らせすれば、何かよいことがあるかもしれないと……まさか生き神さまをお探しとは思いもせず」

貧しい村で、村長に言われ、両親には断る術(すべ)などなかったのかもしれない。

だが、これでわかった。

自分には、神々に選ばれたような、何か特別な兆しなどはなかったのだ。

領主が「見目のよい」子どもを集め、一番自分好みの容姿に育ちそうな子……リンチェンが選んだ聖具を「正しい」ということにして、リンチェンを生き神に決めた。

やはり自分は、本物の生き神などではなかった。

そうなのだろう……と覚悟はしていたのだが、それでも何か……自分が選ばれたことには神々の意思が関わっていたかもしれないと、そう信じたいと思う気持ちが、どこかにあったのだ。

だが今、自分は生き神ではなかったという決定的な事実として突きつけられ、リンチェンは呆然となった。

物心ついてから今までの、自分の在り方、自分の存在は、虚構だった。

こうして膝をついている土間に、ぽっかりと穴が開いて暗闇に落ち込んでいくような感覚に襲われる。

「……リンチェン」

そっと肩に手が置かれ、リンチェンははっとして顔を上げた。

ナムガが気遣わしげにリンチェンを見ている。

そうだ……この人の、この手の確かさ、この瞳の確かさ、それだけは本物だ。

生き神としてではなく、一人の人間としてのリンチェンを、あの島から連れ出してくれたこの人の存在だけは。

だからこそリンチェンは、ナムガとともに島を出たのだ。

「……わかりました」

リンチェンは、のろのろと立ち上がった。

これ以上長居して、両親に迷惑をかけるわけにはいかない。

「これで、失礼いたします。突然伺って、申し訳ありませんでした」

重い口調でそう言って立ち上がったとき、母が顔を上げた。

一瞬、視線が絡んだ。

切なさと苦しさとを秘めた、しかしどこか懐かしい、その瞳。

鏡に映った自分の顔とどこか似ていると感じたのは、間違いではなかった。生活に疲れてはいるが、若い頃には相当に美しかっただろうと思えるその顔立ちは、確かに自分の母のものなのだ。

――それでじゅうぶんだ。

ナムガを見るとナムガが頷き、二人は家の外に出る。

暗がりから、積もった雪が輝く外に出ると、一瞬目が眩んだ。

家の前では三人の子どもたちが、興味津々といった顔つきで二人を見上げている。

どの子も、汚れてはいるが、整った顔立ちだ。

美しい母から生まれた美しい赤子。

領主の触れが数年ずれていたら、自分ではなくこの子たちの誰かが生き神に選ばれていたかもしれない。

だとしたら……こんなふうに自分を見失って辛い思いをするのが、きょうだいではなく自分でよかった。

「邪魔をしたね」

リンチェンは子どもたちに声をかけ、それからふと思った。

自分が島からいなくなったことで、年金は打ち切られ、巡礼も訪れなくなり、生活はも

POSTCARD

1 0 1 - 8 4 0 5

東京都千代田区
神田三崎町2-18-11

二見書房
シャレード文庫愛読者 係

通販ご希望の方は、書籍リストをお送りしますのでお手数をおかけしてしまい恐縮ではございますが、**03-3515-2311までお電話くださいませ。**

<ご住所>	□□□-□□□□
<お名前>	様

＊誤送を防止するためアパート・マンション名は詳しくご記入ください。
＊これより下は発送の際には使用しません。

TEL	職業／学年
年齢　　　代	お買い上げ書店

Charade 愛読者アンケート

この本を何でお知りになりましたか？

1. 店頭　2. WEB（　　　　　）　3. その他（　　　　　　　　　　　）

この本をお買い上げになった理由を教えてください（複数回答可）。

1. 作家が好きだから（小説家・イラストレーター・漫画家）

2. カバーが気に入ったから　3. 内容紹介を見て

4. その他（　　　　　　　　　　　　　　　　　　　　　　　　）

読みたいジャンルやカップリングはありますか？

最近読んで面白かったBL作品と作家名、その理由を教えてください（他社作品可）。

お読みいただいたご感想、またはご意見、ご要望をお聞かせください。

作品タイトル：

ご協力ありがとうございました。

お送りいただいたご感想がメルマガに掲載となった場合、オリジナルグッズをプレゼントいたします。

っと苦しくなるに決まっている。

何か、と無意識に胸のあたりに手を当て、リンチェンははっとした。

小さな、硬いもの。

――タシの両親が贈ってくれ、高値がつく青水晶だとナムガが教えてくれた、石だ。

リンチェンは急いで懐から布の包みを取り出し、開いた。

日の光を受けてきらきら光っている、白く透き通った、美しい石。

「……これを」

リンチェンは、一番年上の少年の手を取り、その石を握らせた。

これを売って、貧しい暮らしが少しでもましになれば。

「この石を、お父さんとお母さんに渡してね」

少年は目を丸くしてリンチェンと、渡された石を交互に見ている。

リンチェンはナムガを見上げ、そして歩きだした。

村の外に向かって。

境界石まで来て振り返ると、斜面の中腹にある家から、両親が出てきてこちらを見ているのが小さく見え……リンチェンは深く頭を下げると、今度は振り向かずに歩きだした。

「大丈夫か」

村が見えなくなると、ナムガが静かに尋ねた。

リンチェンの気持ちが落ち着くまで、何も言わずにただ見守っていてくれたのだ。

「はい」

リンチェンは頷いた。

大丈夫だ……きっと……たぶん。

だが、僧院で自分の生き神としての資格に疑問を抱いたとき以上に、心の中には大きな穴が開いたようだ。

「私は……この先、どうすればいいのでしょう」

「それは」

ナムガは言いかけ、それからふと何かに気づいたように空を見上げた。

「待て、天気が崩れる」

はっとナムガの視線の方向を見ると、近くにある山の向こうがみるみる暗くなりだしている。

こうなったら驚くほどの速さで天候が変わって猛吹雪になる。

「どこか……ああ、あそこに建物が」

ナムガが前方の斜面を指さした。

少し登ったところに、ぽつんと石の建物がある。

「来い」

ナムガが差し出してくれた手にリンチェンが手を重ねると、ナムガはその手を引っ張るように走りはじめた。

躓きそうになりながらも、ごろごろした石の上に雪が積もった斜面を駆け上がる。

その間にも急激に風は強くなり、ばらばらと、雹のように固い雪が音を立てて降りはじめた。

建物まで来ると、入り口の扉は、木枠と木の扉が横木で打ちつけられて塞がれていたが、ナムガが一歩下がって強く数度蹴飛ばすと、扉が内側に開く。

「入れ！」

ナムガが叫び、リンチェンが転がるように建物の中に入ると、ナムガが全身を使って扉を閉めた。

ぴたりと、風がやむ。

外ではごうごうと風が渦巻いているが、石壁を隔てて音は遠くなった。

ナムガは弾け飛んだ横木を内側からつっかい棒にし、扉が風に負けないのを確認してから、ようやく振り向いた。

リンチェンも一緒に、建物の中を見渡す。

入ったところは広い土間で、その奥に一段高くなったところがある。

その部分の床は木で、壁にも木の柱があり、窓らしい場所には古ぼけてはいるが厚い布がかけられている。

どこかからわずかに光が入っていて、どうやら高い天井の上のほうに、雨や雪が入らないよう工夫された格子の天窓があるようだった。

普通の家とは違う、何か、人々が集まるための建物という感じがする。

「いいものがある」

ナムガが部屋の中央に歩み、立派な石枠に嵌め込まれた鉄製のかまどを示した。

「燃やすものは……ああ、これを使おう」

かまどの脇に、すでに同じ用途で使われたのだろうか、脚の取れた椅子や、扉をはがされた小さな棚などが無造作に積まれている。

椅子の脚を数本使ってナムガが火を起こすと、部屋の中はやがて暖かく、そしてほのかに明るくなった。

「今夜はここで過ごせそうだ」

ほっとしたようにナムガが言って、小鍋で湯を沸かし、茶を淹れはじめた。

リンチェンが手伝おうとしたが「そこに座っていろ」と言われ、一段高くなった床の上に座る。

茶が沸くと、それを椀に入れてナムガも床にあぐらをかいて座った。

「まず、飲め」

促されて椀に口をつけると、バターの入ったこくのある優しい味と香りが口の中に広がった。

茶が身体の中に入っていって、じんわり温かくなり、リンチェンははじめて、自分の身体が冷えきっていたのだと気づいた。

ようやくほうっと息をつくと、その様子を見ていたナムガが静かに尋ねた。

「……それで、親に会って、どうだった？　俺もお前が望むままに、考えなしにお前をここまで連れてきたが……会わないほうがよかったか？」

リンチェンは少し考え、首を振った。

「想像していたようではありませんでしたが、来てよかったと思います。本当のことを知ることができましたから……私はやはり、神々に選ばれた生き神ではなかったと」

ナムガが眉を寄せる。

「お前が両親に会いたかったのは……それを知りたかったからなのか？　自分に生き神の資格があるかどうかを？」

そういえば、ナムガには説明していなかっただろうか。

洩れ聞いた僧たちの話で、自分は正しい手順を経たのではなく、領主の好みで選ばれたに過ぎないと知ったことを。

「……はい。私は正式な手順ではなく……あの、領主さまによって選ばれたのだと知りました……私の前の生き神たちも。僧院長さまもご承知の上で」

リンチェンが淡々と説明すると、ナムガがきつく眉を寄せる。

「そういうことだったのか。領地の中で好き放題をしていると思っていたが、まさかそんなことまで……！」

リンチェンは頷く。

「ですから、私には生き神の資格はない、生き神ではないのです」

するとナムガが、言おうかどうしようか、というように少し躊躇ってから、思いきったように口を開いた。

「確かに、今のお前に、生き神の資格はない……それは俺にもわかっていたが」

「え⁉」

リンチェンは驚いてナムガを見た。

「知っていた……のですか？　どうして……いつから」

「いや、そうじゃなくて」

ナムガは落ち着け、というように手を上下させる。

「どっちにしても、普通ならお前の年齢ではもう、生き神は降りているはずなんだ。他の僧院の、他の生き神ならば、とっくにつとめは終わっているはずだ」

「他……の……？　他の僧院……他の生き神……え……？」

リンチェンは呆然と、ナムガの言葉の中からなんとか理解できる部分を繰り返した。

どういうことだろう。

他にも僧院があることは知っていた。小さな僧院がたくさん。

だが、生き神というのは自分一人だと思っていた。

生き神がいる僧院はあそこだけだと。

違うのだろうか。

「それも知らなかったのか」

ナムガはリンチェンの反応に驚いたらしい。

その顔に抑えた怒りが浮かんだ。

「……なんということだ、やつらのしていたことは、あまりにも罪深い。お前にそんなことすら知らせずにいたとは」

それから建物の中を見渡した。

「そういえばここも、僧院だ。わからないか」

「え……？」

驚いてリンチェンは、改めて周囲を見た。

確かに、普通の民家とは違う、何か……人が集まるための場所、という感じがしたが、これが僧院……?

島の僧院の豪壮さ、きらびやかさとはまるで違う。

「俺たちが座っているここが本堂で、奥に神像があったのだと思う。おそらく最近打ち捨てられて、神像はどこかに移されたのだろう。貧しい村では、供物が少なくて僧院を維持できなくなる場合もある」

そう言われてみれば、さらに奥まった暗がりには数本の柱が立ち、いくつかの台座のようなものも見て取れる。

「では……ここにも生き神がいたのでしょうか」

リンチェンが尋ねると、ナムガは首を振った。

「小さな僧院にはいない。生き神がいるのは、特別な僧院だ。俺が見聞きしたことがあるのはあの島の僧院を除いて、三ヶ所。一ヶ所は女の生き神だ」

「女……の……?」

ナムガの言葉に、頭が追いつかない。

僧院は完全に男の世界であり、リンチェンは、女性というのは巡礼しか知らない。

「女といっても幼い少女だ。家族も僧院の中に部屋を与えられて生き神の世話をし、つとめを終えるまで一緒に暮らす。それはもうひとつの、男の生き神も同じだ。一ヶ所だけ、お前と同じように幼い頃に親から離されるところがあるが、それでも親はいつでも僧院に来て面会できる」

親が一緒に暮らして世話をする。そうでなくても、いつでも面会できる。

それは本当に、自分と同じ生き神の話なのだろうか。

そして……「つとめを終える」という言葉。

そういえばナムガは僧院の屋上で、「生き神には任期があるだろう?」と尋いてリンチェンを驚かせたのだ。

ということは……他の生き神たちには任期がある。

「その生き神たちは……いつ、つとめを終えるのですか? 終えた後は、どうしているのですか?」

震える声でリンチェンが尋ねると、ナムガは茶をひとくちすすり、それからリンチェンを見た。

「……女は月のものがはじまったら。男は精通があったら。無垢な子どもであってこそ、神々の器となれるのだと聞いている。時期が来てつとめを終えたら、家族とともに故郷に戻ることが多いが、年金も与えられるし、かつて生き神であったことで一生尊敬され、大人になればそれなりの地位にもつける」

そういうものなのか。

自分は一生あの島で生き神として生きていくのかと思っていたのに。

精通があったときが任期だというのなら……

「だったら私は……三年も前に……」

ナムガが頷く。

「その年齢で、いくらなんでも……とは思ったんだ。その上、領主はお前の……」

言葉を探すように少し躊躇ってから、続ける。

「お前の、身体を欲した。大人の身体になったお前の純潔をも失わせ、なおかつ巡礼を集める生き神として利用し続けようと……それはいくらなんでもひどい話だ。俺は実のところ神々というものをそう深く信じてはいないが、信じている人々を騙すような真似(まね)は許せないと思う」

淡々としたナムガの言葉が、リンチェンの耳に重く響き、リンチェンは思わず俯いて、両手で顔を覆った。

「私は……いずれにせよ、巡礼を騙す存在でしかなかったのですね……あまりにも罪深いことです……」

「違う」

ナムガがリンチェンの肩に手を置いた。

その優しい重みにリンチェンが顔を上げると、ナムガはリンチェンの目を真っ直ぐに見つめた。

「罪深いのはお前ではなく、あの領主だ。自分の領地の中で暴君として君臨し、古くからある生き神への信仰すら自分のために利用している、あの男だ」

リンチェンは悪くないと、ナムガが言ってくれる。

それは本当に嬉しい。

だが、自分の存在が最初から間違っていたとしたら、この世界に身の置きどころがないと感じてしまうことは、どうしようもない。

「どうして……あの領主は私だけ……他の生き神たちのことは……」

領主はどうしてあの島の生き神だけを、そんなふうに扱うのだろう。

リンチェンがうなだれて呟くと……

「待て」

ナムガが眉を寄せる。

「そうか、お前は本当に、世界を知らないのだな」

「え……？」

ナムガは立ち上がり、土間に下りると、かまどの近くに積まれていた薪（まき）の材料の中から四角い卓を引きずり出した。

天板が一部はがされているが、なんとか脚は四本ついている。

「いいか」

ナムガはリンチェンを見た。

「これが、俺たちの国だ」

椅子の脚を数本取り上げ、卓の縁にぐるりと並べる。

「こういうふうに、縁が少し高くなっている。それが、この国を囲む山々だ」

リンチェンも立ち上がり、卓に近づいた。

「これが……山々……本当はもっと高い、ですよね……？」

平地の広さに比べて、山々が低すぎる。

しかしナムガは首を振った。

「いや、この広さに、この高さ。こんなものだ」

あの遠くに見える山々がこんなに低いはずはない、僧院の屋上から見た世界は、もっと高い山々に囲まれていた。

首を傾げているリンチェンに、ナムガは尋ねる。

「あの僧院のある湖は、この世界のどのへんにあると思う？　こっちが北として」

リンチェンは迷わず、中心から少しだけ南西に寄った場所を示す。盆地の中で、湖の位置はこれくらいだったはずだ。

しかしナムガは首を振り、リンチェンが示した場所よりももっと南西の、椅子の脚でできた山々の作る角にほとんどつきそうな場所を示した。

「え……だって」

これでは、北や東の山々が遠すぎる……と困惑していると、ナムガは二本の細い棒を取り上げ、南西の角にさらに小さな四角形を作った。

「お前が見ていた北と東の山々は、これだ」

どういうことだろう。

リンチェンが知っている広大な盆地は、こんなに小さな、世界の片隅だというのだろうか。これでは、世界……卓の、二十分の一もない。

「俺たちは今、この小さな盆地の端にいる。もう少し行って、この山を越えると、その外にはこれだけ大きな世界がある」

ナムガが指で、後から置いた二本の棒を飛び越してみせた。

「そして……いいか、あの領主の力が及ぶのは、この盆地の中だけなんだ」

リンチェンは言葉を失った。

あの広い土地を治める、絶対的な権力を持った領主。

それが実際には、こんな小さな場所を治めているだけだというのか。

「では……では、この外側は、誰が」

「さらにいくつもの領地に分かれ、それぞれに領主がいる」

それぞれの領地、それぞれの領主。

山々の向こうには、リンチェンが知っているのとそっくり同じような世界が、いくつも連なっているというのか。

「リンチェン」

ナムガが優しくリンチェンを呼んだ。

「お前が失ったと思っている居場所は、こんなにも狭い場所だ。俺がお前に見せたい世界は、こんなに広い。俺はお前に、そのすべてを見せてやりたい」

島の外の世界をリンチェンに見せてやりたいとナムガが言った、それはこんなにも、途方もなく広い世界のことだったのだ。

だが、そのリンチェンが知っていた、世界のほんの片隅の小さな世界には、多くの苦しみがある。

「私は……この小さな世界の、すべてを捨てていいのでしょうか」

躊躇いながらリンチェンは言った。

「人々の暮らしは貧しいままで変わらない……両親の村だって……それに、私の次の生き神も」

リンチェンがいなくなれば、次の生き神が選ばれるだろう。

だがその生き神も神託ではなく領主の一存で選ばれ、島の外のことは何も知らずに育ち、美しく成長したら、今度は領主に汚(けが)される。

リンチェンはナムガに救い出してもらえた。

だが、次の生き神に次のナムガが現れるとは思えない。

「私は……この世界を、見捨てられない」

「見捨てるのではない」

ナムガはきっぱりと言った。

「この世界の救いは……この外側にあると、俺は思う」

掌で、この盆地の外側の広い部分をさっと撫でる。

「お前の求める救いと、俺の求める正義は、同じものだ。あの領主をなんとかする、ということだ。それは、この外側に助けを求めることだ」

外側に助けを求める。

たくさんある他の領地の、大勢いる他の領主の誰かに……？

リンチェンははっとした。

これまで抱いたことのなかった疑問。

「あなたは、この外側の世界を知っているんですね？　あなたはもともと、どこから来たのですか？」

ナムガの顔に、ゆっくりと不思議な笑みが広がった。

「俺のことを、尋いてくれるのか」

嬉しそうな……くすぐったそうな、なんとも言えない笑み。

そしてリンチェンは気づいた。これまで、ナムガが「知っていること」については、あれこれ質問をし、教えてもらった。

だがナムガ自身のことについて、自分から尋ねたことはなかった。

関心がなかったわけではない、だが、何をどう尋ねていいのかわからなかったのだ。

ナムガがどこから来て、これまでどのような人生を送ってきたのか。

だがそれは、必要があればナムガから話してくれると思っていた。

「私は……知りたいです、あなたのことを」

すると、ナムガがゆっくりと「世界」の卓を回り込み、リンチェンの側に立った。

リンチェンの顔を覗き込む。

優しい瞳。

「何を知りたい……？」

優しい、どこか甘さを含んでいるようにさえ思える声。

何を、と尋かれると、どう答えればいいのかわからない。

ただ……

「あなたという人の、心の深い部分を知りたい、触れてみたい」

リンチェンはそう答えていた。

どこから来て、何をして、何を考えているか。

そういうひとつひとつの細かいことも知りたいが……ナムガという人が湛えている、穏やかさや広さ、深さ、温かさ……そういうものを、すべて知りたい。

ナムガは一瞬驚いたように息を呑み、そしてわずかに目元が紅潮した。

「それは……俺がお前に望むのと、同じことだ」

その言葉が、リンチェンの胸に、真っ直ぐに熱を持って入ってきた。

ナムガもリンチェンを知りたいと思ってくれている。

心の深い部分を知りたい、触れたい、と思ってくれている。

それがどうしてこんなに嬉しく、心を震わせるのだろう。

「リンチェン」

ナムガの手がそっとリンチェンの頰に触れた。

掌で頰を包む。

ナムガの顔が、近い。

旅の最中には、ナムガの懐に抱かれて眠っていたというのに……こんなふうにナムガを近いと意識したのははじめてのような気がする。

「……はじめて、僧院の儀式でお前を見たとき」

低く、ナムガが言った。

「生き神としてのお前の透明な美しさは、この世のものではないように感じ、思わず見とれた。巡礼たちに聞いたつけ焼き刃の作法も何も、消し飛ぶほど」

わずかな苦笑が瞳と声に混じる。

そう……あのときのナムガは、巡礼の作法も知らず、田舎者と笑われていた。

それは「消し飛んだ」からだというのか、リンチェンを見て。

「そして……あの夜、俺は誰でもいい、通りかかった坊主の誰かを捕まえて脅し、祭りの儀式に潜り込むつもりでいた。だが……現れたのはお前だった」

空の神の像の裏にひそんでいたナムガ。

うっかり閉じ込められてしまったようなことを言っていたが、意図的に潜んでいたのか。

「通りかかった坊主が躓くように転がしておいた荷物に、お前が躓いた。一瞬、俺と同じように本堂の中に閉じ込められた巡礼かと思ったが、顔を見てお前だとわかった」

ナムガの声の中に、甘さが忍び込んだような気がする。

「儀式で見たお前は、驚くほど美しいが、生きた人間ではなく、人形のように見えた。だが夜、あそこで見たお前は……生きた、血の通った人間だった」

そう、そしてリンチェンが、寄る辺ない子どものように見えた……と、ナムガが言っていたことを、思い出す。

「そしてお前は、あんな場所にいた俺の適当な言い訳を信じ……外の世界のことを知りたがった」

リンチェンの瞳を捉えて離さないナムガの瞳が、甘い熱を帯びている。

「お前は籠の鳥だと、俺は思った。美しく、無垢な、自分がどんなに小さな籠に閉じ込められているのかすら知らない鳥。そんなお前が、外の世界の話を聞いて輝かせる瞳が、俺には切なかった。孤独に籠の中で暮らすお前を解き放ったら、どれだけ美しく羽ばたき、どれだけ美しくさえずるだろう、と思った」

リンチェンに外の世界の話を聞かせながら、ナムガはそんなふうに思っていたのか。

「俺には領主を殺すという目的があったから、お前が外の世界に羽ばたく姿を見ることはできないだろうと思い……それがどれだけ残念だったか」

リンチェンの頬を掌で包んだまま、親指で優しく頬を撫でる。

その動きに、リンチェンは胸苦しいような切なさを覚える。

「そして、俺が失敗し……お前が俺に、死んでほしくないと言ってくれたとき……俺は思った、ならば生きたい、と。そして俺も……お前の心を殺すようなあの僧院からお前を解放して、お前を本当の意味で生かしてやりたいと、思った」

だから、一緒に島を出ようと言ってくれた。

だがそれはできなかった……リンチェンがそれを望まなかったから。

まだリンチェンは、自分を正当な生き神だと信じ、つとめを投げ出すことはできないと思っていたから。

「でも、あなたは戻ってきてくれた」

リンチェンはナムガを見上げ、声を震わせた。

「私を連れ出すために……籠から解き放つために、戻ってきてくれた……！」

「そうだ。それが、俺たちの運命だった。こうして運命をともにし、互いを深く知り合いたいと望む……この気持ちをなんというか知っているか？」

知っているような気がする。

経典や、経典をもとにした寓話しか読んだことのないリンチェンだが、それでも人と人がこんなふうに惹かれ合うことを表す言葉は、知っている。

「いとおしい、と」

ナムガの目が細くなった。

「そうだ。もっと別な言葉で言えば……愛している、と」

リンチェンはその言葉を全身で受け止めた。

それはなんと、深く、優しく、温かい言葉なのだろう……ナムガその人のように。

「俺はお前のものだ、リンチェン」

そう言いながら、ナムガの瞳が近づいたような気がした。

次に何が起こるのか、リンチェンはどういうわけかわかったような気がした。

ナムガの瞳を眩しいと感じるままに、瞼を伏せる。

ナムガの優しい息づかいを間近に感じた、と思った瞬間……唇が塞がれた。

優しく、温かいものに。

ナムガの唇に。

そうだ、これがナムガだ。そして、ナムガのすべてを知るための、これが入り口なのだ。

同時に、自分のすべてをナムガに知ってもらうための。

触れ合わせた唇が一度離れ、そしてまた重ねられる。

角度を変えて優しく押しつけられるごとに、身体に甘い痺れが走る。

ナムガの片腕がリンチェンの腰に回り、優しく引き寄せる。

幾晩もこの腕に、この胸に抱かれて眠ったのに、それはまるで違うことだったかのように、リンチェンの胸が高鳴る。

唇の合わせ目が、濡れた感触のものにそっと撫でられた。

ぞくりとして思わず結んでいた唇を薄く開くと、そこからその濡れたものが忍び込んでくる。

ナムガの……舌。

リンチェンの唇の内側を、歯列を、そして舌を、優しく愛撫する。

おずおずと舌で応え返したのは、本能的なものだった。

自分からもナムガに触れたい。

膝の力が抜けていきそうで、両腕をナムガの背中に回し、しがみつく。

「んっ……」

鼻に抜けていく甘い声は、本当に自分のものなのだろうか。

やがて……唇が離れた。

ナムガが、額と額をつけて微笑む。

「リンチェン……いやではないのだな、こういうことが」

どこか照れたような甘い声。

そしてその問いの意味が、リンチェンにはわかった。

こんなふうに誰かと触れ合うこと、それは。

「私が……本物の生き神だったら、こんなことはできなかった……今はじめて、生き神でなくてよかったのだと……思います」

まだどこかうっとりとナムガを見上げながらリンチェンが言うと、ナムガは首を振った。

「もともとのお前は本当の生き神だった、と俺は思う。少なくとも巡礼たちにとって、お前は本物だった。お前に祝福され、彼らが心から幸せな気持ちになり、満ち足りて島を去っていった、それだけは本当だ」

巡礼たちにとっては、本物だった。

そう思っても、いいのだろうか。

だが今は、もう違う。いずれにせよ、つとめは終えたのだ。

そして今の自分は、ナムガに触れたい、ナムガに触れてほしいと焦れるような思いでいる、一人の生身の人間なのだ。

唇を重ねるだけではない、互いをもっと深く知るには、この先があるはずだ。

漠然とだが、リンチェンにもそれはわかる。

「リンチェン……」

ナムガがもう一度リンチェンに口づけようとしたとき……

どんどんどん、と扉を叩く音がして、リンチェンははっとした。

「誰か、誰か中にいるのか」

扉を叩く音とともに、誰かの声が聞こえ、ナムガがリンチェンを抱く腕が緩む。

「誰かいるなら入れてくれ！」

再び声が聞こえる。

誰かが、自分たちと同じように、急激な天候の変化でここに逃げ込もうとしているのだろうか。

風は相変わらず、扉の外でごうごうと音を立てている。

このまま外にいたら凍死してしまう。

「入れてあげないと」

リンチェンが思わず扉のほうに走りかけ、背後からナムガが「待て」と言った、その瞬間——

扉が、ばきっという音とともに、内側に吹き飛んだ。

「あ」

その扉が当たりそうになり、思わず身を伏せたリンチェンの腕が、ぐいっと誰かに掴まれた。

「いたぞ！」

「やはりここだった！」

声とともに……五人ほどの男が建物の中に雪崩れ込んできた。

さらに外にも、男たちの姿が見える。

「リンチェン！」

駆け寄ろうとしたナムガの喉元に、一人の男が槍(やり)の先を突きつけた。

そしてリンチェンは両側からがっしりと、二人の男に肩を押さえ込まれていた。

別な男が乱暴にリンチェンの顎を掴んで上向かせる。

「間違いない、逃げた生き神だ」

毛皮の帽子と顔を覆う布で顔立ちはわからないが、屈強な身体つきの男。

よく見ると、全員が揃いの、革の胴鎧をつけている。

彼らは……兵士だ。

領主に従って年に一度の祭りの際に現れる兵士たち。

本堂の中までは入ってこないが、この胴鎧は見たことがある。

領主がリンチェンを追わせていたのか。

「リンチェン！　くそ！」

ナムガは自分に突きつけられている槍の柄を摑んでねじり、兵士が槍を取り落とすと、その兵に体当たりして腰に下げた剣を奪った。

「こいつ！」

とっさのことに驚いたのか、リンチェンを摑んだ兵たちの手が緩む。

ナムガが片手で剣を振り回しながら、兵たちの真ん中を突っ切り出口に向かった。

「来い！」

リンチェンに向かって手を差し出す。

リンチェンはその手を取ろうとし——指先と指先が触れた、その瞬間、背後から兵に襟首を摑んで引き戻された。

「あ！」

そのまま土間に引き倒される。

「リンチェン！」

刀を振り回しながら、ナムガが建物の中に戻ろうしたのが目に入り、リンチェンは叫んだ。

「いけません！　あなたは逃げて！」

ナムガがはっと目を見開く。

「私のために命を捨てないで！」

兵たちの目当てはリンチェンだ。

そしてナムガには使命がある。

外の世界の力を借りて、領主の支配からこの地を解き放つこと。

それはリンチェンの望みでもある。

ほんの一瞬絡んだ視線で、その想いが伝わったのがわかり——

「俺は必ず戻る！」

ナムガはそう叫んで、なおも三人ほどの兵を刀でなぎ払いながら、吹雪の中に姿を消した。

来たときとは別な道を通って、リンチェンは島に連れ戻された。

それでも、少しでも島に着くのを送らせたいと「脚が痛む」と訴えてみたり、具合が悪い振りをしたりし、数度、逃げ出そうともした。

ナムガは無事に逃げきっただろうか、もしかしたら自分たちの後を追ってきているのではないだろうかという望みと、自分のためにこれ以上危険を冒さないでほしいという思いが錯綜する。

兵たちはリンチェンを「無傷で連れ戻せ」と命じられているらしく無体なことはしなかったが、それでも隙は与えず、ナムガとの旅よりも少し多いくらいの日数をかけて、とうとう湖まで戻ってきた。

帰ってきた……帰ってきてしまった。

ここを出たときには、二度と戻らないだろうと思っていたのに。

真っ白な氷の平面の上に島が盛り上がり、その中に灰色の石造りの僧院が建っている。

この僧院を外からこうして見るのは、はじめてだ。

出ていったときは夜だったし、振り向くこともなかったからだ。

孤独に峻厳に佇む僧院は美しく、しかしどこかよそよそしい。

ここはもう、自分がいるべき場所ではないのだ。

兵たちは氷の上にリンチェンを引き立て、そして島に着く。

リンチェンはそのまま、僧院の地下に連れていかれた。

じめじめとして冷えきっている地下の一角にある、小さな部屋に放り込まれる。

石壁に、敷物も敷かれていない石の床。

壁に小さなくぼみがあり、そこに灯明が置かれ、かろうじて手元くらいは見られる明るさだ。

分厚い木の扉には、外から蓋を開け閉めする、小さな覗き窓がついている。

これは……「牢（ろう）」というものなのか、とリンチェンは思った。

この僧院に地下があったことすら知らなかった。

兵に引き立てられてここに入れられたきり、僧たちの姿も見ることもなく、おそらく一昼夜ほどそのまま誰も姿を現さなかった。

やがて。

冷たい石の床に横になることもできずに部屋の隅で膝を抱えて丸くなっていたリンチェンの耳に、数人の足音が聞こえてはっと顔を上げた。

扉の覗き窓が開き、「開けろ」と命じる声が聞こえる。

——領主だ。

声でそうわかったリンチェンは、背筋を伸ばし、床の真ん中に、扉のほうを向いてきちんと座った。

弱っているところを見せたくない。

扉が開くと、領主が入ってきた。

ぬくぬくと温かそうな、襟に毛皮のついた長い上着を着ている。

開いたままの扉の外に、兵たちが控えている。

「とんだ逃避行だったな」

領主が立ったまま、リンチェンを見下ろして冷たく言った。

「逃げおおせるとでも思っていたのか、愚か者め」

リンチェンは顔を上げ、真っ直ぐに領主を見つめた。

この男が、領民を苦しめ、僧院を私物化し、偽の生き神を造り出し、そしてナムガを苦しめている張本人だと思うと、ふつふつと胸の中に怒りが湧いてくる。

弱みなど見せたくない、と思うと……

「私は、神々に選ばれた正当な生き神ではないとわかりましたゆえ、この島に留まる資格も義務もないと思っただけのことでございます」

しっかりとした声が出た。

領主が頰を歪める。

「あのよそ者の男に、何を入れ知恵されたか知らんが――」

そして突然、声を荒らげた。

「お前は生き神だ！　なぜなら私が選んだからだ！」

壁に跳ね返るほどの怒声にびくりともしない自分に、リンチェンは内心で驚いていた。

以前の自分なら、こんなふうに怒鳴られたら動揺していただろう。

何かが……誰かが、自分に力を与えてくれている、と感じる。

領主は苛立った様子で続ける。

「この島も、この僧院も、私のものだ。当然、生き神であるお前も私のものだ。生き神として儀式を行えと言ったら行い、閨で私に奉仕しろと言ったらする、お前はそのために存在しているのだ！」

やはりこの領主は、生き神ではないリンチェンに生き神のふりをし続け、同時に領主に身体をも差し出せと、それを望んでいるのだ。

「……それはどちらも、私にはできないことです」

静かに、しかしきっぱりとした拒否を籠めてリンチェンがそう言うと……

「お前に拒否する権利などない！」

領主はそう言いざま、リンチェンの頰を思いきり平手で殴りつけた。

「……っ！」

横向きに床に倒れ込んだリンチェンの傍らに片膝をつき、領主はリンチェンの顎をぐいと摑んで仰向かせた。

「いらぬ智慧(ちえ)がついたようだな。では、その智慧で理解できるように話してやろう。お前はそもそも、私の野望を叶えるために、この私が選んだのだ」

リンチェンは唇を嚙み締め、領主の言葉を待った。

この男が……そもそも何を考えているのか、今こそわかるのだ。

「いいか、お前は逸材なのだ」

領主はにやりと笑う。

「前の生き神はそうではなかった。顔はよいが生気のない人形に過ぎず、抱いてみたら今度は馴(な)れ馴(な)れしくなって興ざめだった」

それで……殺した、ということなのか。

その馴れ馴れしさはもしかすると、領主の隙を狙うための芝居であったかもしれないし、心が壊れた結果だったのかもしれないのに。

自分の前の生き神の運命に、リンチェンは胸を鷲摑(わしづか)みにされたような痛みを覚える。

「だが、お前は違う」

領主は片頬にいやな笑みを浮かべた。

「幼い頃からお前の生き神としての美しさや、癒やしの風情は評判となり、遠くまで噂が伝わり、お前が生き神となってから巡礼が倍以上に増えた。巡礼どもが領内に落とす金も増えた」

この男にとっては、信仰心から苦労してやってくる巡礼たちも、金蔓でしかないのだ。

リンチェンが黙っていると、領主は続ける。

「うるさい係累のいない、田舎の貧しい家から適当に集めた子どもたちの中でも、お前の美しさは際立っていたからな。成長して、身体の悦びがわかるようになるのを待ちかねていたのだ」

身体の悦び、という言葉の響きに下卑た欲望を感じ取り、リンチェンは嫌悪感に身を震わせた。

年に一度、儀式のたびに、この男はリンチェンの身体がどれほど成熟したのかを見定めていたのか。

そんな視線に、長年自分はさらされていたのか。

領主の目の中に何かいやなものを感じていたのは、正しかったのだ……と今さらながらに思う。

「いいか。お前には考える頭があるようだから、教えてやろう」

領主はもう一度、リンチェンの顎を摑み直した。

「お前が、身も心も私に捧げ、私の言いなりになると誓えば、お前の地位は安泰だ。奇跡の生き神を奉じる僧院がある地として、領地の外からも愚かな民の心をこの地に集めれば、この地方での私の力は増す。そしてやがては近隣の領主をも取り込んでいけるだろう。信仰心の篤い者は生き神としてのお前の力で。世俗的な欲望の強い者は閨に侍るお前の魅力で、私になびかせることができるだろう」

リンチェンは、頭をがつんと殴られたような衝撃を感じた。

――それが、領主の真の野望なのか……！

近隣の領主に対して、リンチェンを通して力を振るうことが。

そのために、生き神としてのリンチェンと、「身体で悦ばせる」ことのできるリンチェンが必要なのだ。

偽の生き神をつとめつつ、この領主ばかりでなく、近隣の他の領主たちにも身体を差し出せと言っているのだ……！

「言う通りにしていれば、お前は二人といない至高の生き神として、どのような贅沢も思いのままだ。悪い話ではあるまい？」

頭ががんがんと痛みだし、領主の言葉がどこか別の世界の言葉に聞こえ、意味を把握するのがやっとだ。

だがリンチェンは、ひとつの事実に気づいた。

領主の望みは、リンチェンの協力がなければ成り立たない。

たとえ内心いやいやでも、リンチェンが領主の思うように振る舞わなくては、巡礼や近隣の領主を惹きつけることなどできないはずだ。

そのリンチェンの考えを裏づけるように、領主は猫撫で声になった。

「さあ、わかったら、私に誓うのだ……身も心もあなたさまに捧げます、と。そしてお前から、私に口づけるのだ。それで、すべてはお前のものになる」

自分から、自分の言葉と自発的な口づけで誓わせ……その誓いで縛ろうというのだ。

身も心も捧げる、と。

リンチェンは、思わず目の前の領主の顔をまじまじと見た。

首のあたりにだらしなく脂肪がついた、皺の多い四角い顔。

あらゆる世俗の欲望にぎらついた瞳。

酷薄そうな薄い唇。

この唇に……口づけよ、と。

そしてその腕に抱かれよ、と。

激しい嫌悪感がリンチェンの全身を震わせ——

次の瞬間、リンチェンの脳裏に蘇ったのは、ナムガの瞳、ナムガの腕、ナムガの唇だった。

あの優しさ、穏やかさ、そして力強さ。

ただ重ねた唇の温もりは、決して忘れることはできない。

もっと深くこの人を知りたい、自分のことも知ってほしい、と湧き上がった衝動も。

もしナムガという人を知る前だったら、こんなふうに領主に脅されれば、恐怖のあまり言うことを聞いてしまったかもしれない。

誰とも唇を合わせることを知らなければ、苦行のようにでも、受け入れてしまったかもしれない。

だが今のリンチェンには、そんなことは受け入れられない。

絶対に。

「いやです！」

リンチェンの喉から、絞り出すような声が出た。

「絶対に、いやです。あなたの言いなりになど、死んでもならない！　もし、無理矢理に何かしようとするなら、私はこの場で、舌を噛んで死にます！」

「この……！」

領主の顔に、赤黒く血が上った。

右腕が大きく上がったのが目の端に入り、次の瞬間、頬に大きな衝撃を受けてリンチェンはまた石床の上に横倒しになる。

「いいか」

領主はそのリンチェンの身体を、さらに転がすように蹴飛ばした。

「この僧院の運命は私が握っている。お前が言うことを聞かぬのなら、坊主たちの命も保証しない。奴らの運命は、お前の答えひとつにかかっているのだ、わかるか！」

僧たちは、いわば人質なのか。

リンチェンが無言で唇を噛み締めると、領主はぺっと床に唾を吐き捨てた。

この国でこれ以上の侮辱的な行為はない。

「いいだろう、どこまで頑張れるか見ものだ。温室育ちのお前が、寒さや飢えや恐怖にどれだけ耐えられるか見てやろう、時間はあるのだから」

そう言って……領主は牢を出ていった。

重い扉が閉まり、錠が下ろされるのがわかる。

リンチェンはそのまま、床の上にじっと横たわっていた。

リンチェンの心は、決まっている。

領主の言いなりになどならない。

だが……リンチェンを育て、教育してくれた、僧たちはどうなるのだろう。

かつて、リンチェンの前の生き神を殺した領主だ。僧たちの命だって、惜しみなどしないだろう。

もしリンチェンがここで自害したら、領主は次の生き神を見つけるのだろう。

そうしたら、その子がまた、同じように苦しむのだろう。

——それはだめだ……！

自分が命を投げ出して逃げることで、別な子どもが同じ目に遭うのは、だめだ。

だとしたら……自分が領主の言いなりになることが、もしかしたら唯一の道なのだろうか、とリンチェンの心は揺らいだ。

心を殺して……僧たちや、次の生き神になるかもしれない幼子を守るために。

しかしそれは無理だ。

ナムガを知る前だったら、それももしかしたら可能だったかもしれない。

厭わしさと罪悪感に耐えながら、領主に身を任せることが。

だがもうリンチェンはナムガの温もりを、口づけを、知ってしまった。

ナムガ以外の人間にに触れられたくはない。

絶対に。

では、どうすればいいのだろう……?

ここでこのまま抵抗を続けても、この牢の中で朽ち果てていくだけなのだろうか。

ナムガには二度と会えずに。

ナムガは「戻る」と言ってくれた。

外の世界の力を借りると言っていた。

だがそれにはどれくらい時間がかかるのだろうか。

それまで自分は耐えられるのだろうか。

せめて……せめて、もう一度ナムガの顔が見たい。

声が聞きたい。

あの腕に抱かれたい。

そう思った瞬間、リンチェンはたまらなく切なく辛くなり……

「ナムガ……」

震える声でその名を口にすると、堰を切ったように涙が溢れ出し、リンチェンは蹲ったまま咽び泣いていた。


「リンチェンさま」

かすかな声が聞こえたような気がして、泣き疲れていつの間にかうつらうつらしていたリンチェンは目を開けた。

灯明はとっくに消え、牢の中は真っ暗だ。

冷たい石床の上に気絶するように横たわっていたので、身体は冷えきり、固まってしまっている。

だが。

「リンチェンさま……！」

もう一度声が聞こえ、リンチェンははっとした。

「タシ⁉」

間違いなく、タシの声だ。

「ああ、リンチェンさま、ご無事だったのですね！」

声とともに、覗き窓が開けられ、かすかな光がそこから入ってきた。

タシが背伸びをするように中を覗き込んでいるのが見える。

「タシ……」

リンチェンはきしむ身体を引きずるようにして起き上がり、覗き窓に近づいた。

「タシ、ここに来て大丈夫なの？　僧院の中はどうなっているの？」

「見張りの目を盗んで来たのです」

タシはそう言って、覗き窓の格子の隙間から何かを押し込んだ。

「毛布です、ここから入るくらいに薄いものですが……食べ物と飲み物も」

ぎゅうぎゅうとタシが平たく畳んだ布を押し込んでくれ、リンチェンも内側から引っ張り込むと、それはヤクの毛で編んだ軽く温かい毛布だった。

冷たくなった身体に、いそいでその毛布を巻きつけ、食べ物の包みも受け取る。

「ありがとう、でもこんなことをして、お前に危険はないの？」

リンチェンが尋ねると、タシが頷く。

「私は、ただの下っ端の小僧と思われているので、わりあい自由に動けるのです」

「殴られたりはしていない？」

「……私は、大丈夫です」

口ごもったところを見ると、タシ自身は無事でも、僧たちの中には暴力を受けた者もいるのだろう。

「ごめんね、タシ……私が勝手なことをしたばかりに」

リンチェンが言うと、タシは首を横に振った。

「リンチェンさまは、あの領主さまから逃げたのですね？　それで、ナムガさんと行かれたのですよね？　それがわかったので、とにかく遠くまでお逃げになっていればと祈っておりました」

タシは、逃げ出して僧院に迷惑をかけた自分を責めない。

それが申し訳なく、辛い。

「皆に迷惑をかけて……あの後、儀式などはどうしたの？」

「領主さまの命令で、リンチェンさまに背格好が似た若い僧が、顔を布で隠してつとめました」

それでは巡礼たちは、身代わりの生き神に祝福されたのだ。

ナムガが言った通りだった。

リンチェンがいなければ身代わりを立てる……それくらいのことを、領主も僧院長も、やってしまうのだ。

「リンチェンさま」

タシが覗き窓の格子にしがみつく。

「お師さま方は、二手に分かれておいでです。お年を召した、リンチェンさまの前の生き神さまをご存知のお師さまたちは、領主さまに逆らってはこの僧院は成り立たないのだから、言う通りにするしかないとおっしゃっているのです。以前からここは、そうやって存続してきたのだから、って」

リンチェンは頷く。

年嵩の僧たち……それは、僧院長を中心とした、力を持っている僧たちだ。

「でも」

タシが早口で話し続ける。

「若手のお師さまたちは何も知らなかったのです。イシ師は本当に心を痛めておいでです。命じられるままに、リンチェンさまを無垢で従順にお育てしたのは、こんなことのためだったのか、と。リンチェンさまにあまりにも申し訳ないって……！　イシ師は、リンチェンさまが領主さまの言うことをきくよう説得しろと言われて断ったのです」

「イシ師が……！」

イシ師は、説得を断ってくれた。

リンチェンも、敬愛するイシ師からそんなことを説得されたら、どれだけ辛かっただろう。

僧院の序列は厳格なもので、下の者は上の者に決して抗(あらが)えず、服従が美徳とされているが、それでもイシ師は抵抗してくれたのだ。

やはりイシ師は尊敬できる人だった。

「それで今、お師さまたちは?」

「僧院の中は兵士たちでいっぱいで、イシ師はじめ、領主さまに逆らった方々はそれぞれの部屋に閉じ込められておいでです。巡礼も閉め出され、日々の礼拝もできていないありさまです」

なんということだろう。

礼拝もできず、僧院が、僧院としての意義を失っている。

それはつまりあの領主が、神々などみじんも信じておらず、僧院を自分の野望の道具としか考えていないことの現れだ。

そのとき、タシがはっとしたように廊下の入り口のほうを見た。

「見張りです。また来ます!」

そう言ってさっと覗き窓から離れる。

リンチェンもいそいで牢の奥に戻り、蹲った。

やがて重い足音が近づき、覗き窓が開く。

「生きているな」

「ああ、生きている」

二人の兵がそれだけ言って、窓を閉じる。

足音が遠ざかっていくのを感じながら、リンチェンはもう一度毛布を身体に巻きつけ直し、タシが持ってきてくれた食べ物の包みを開けた。

まだ少し温もりが残っている、胡麻(ごま)をまぶした米の団子。

そして、細い竹筒に入った香草入りの茶。

どちらも本当にありがたい……そして慣れ親しんだ僧院の味だ。

自分には味方がいる。

タシや、イシ師の心が自分の側にある。

ナムガの心と同じように。

そうだ、ナムガは「戻る」と言ってくれた。

それまで持ちこたえられなかったなら、などと考えてはいけない。

ナムガはきっと、救いの手を連れて、来てくれる。

ナムガを信じ、ナムガを待つ。

それが今自分にできるただひとつのことだ。

リンチェンは先ほどまでとは打って変わって、自分の心が強くなったのを感じていた。


領主は、たびたび牢を訪れた。

リンチェンが自ら従うよう誓うよう脅し、時には猫撫で声で宥めもするが、リンチェンは背筋を伸ばして冷たい石床に座り、ただただ黙っていた。

「いったいどういうことだ、まるで弱っておらぬ！」

領主は忌々しげに、兵たちに当たり散らす。

いくらなんでもリンチェンを飢え死にさせる気はないのか、最低限命を繋げるくらいの食料は兵が持ってきていたが、その合間にはタシが来てくれる。

数度に分けて、毛布や、チュバの下に着込める薄ものなども持ってきてくれた。

それが、リンチェンの身体を弱らせないだけでなく、心も強くしてくれる。

日に日に領主が苛立つのがわかった。

「氷が薄くなってきているのだ、このままでは島を出ねばならぬ。そうなったら、お前を私の城に連れていくからな。あちらはここよりもっと辛いのだ、それでもいいのか」

そんな脅し文句も使うようになってきて、ああそうか、春が近づいてきているのだ、とリンチェンは気づいた。

氷が溶ける前に、領主は島を出なくてはいけない。

その際にはリンチェンを連れていき、もっと辛い目に遭わせると脅している。

だがリンチェンは、領主が自分の「自発的な服従」を望んでいるのだとわかってきていたから、屈することはなかった。

たとえ表面だけ、一時しのぎであっても、この男に屈することはしない。

それが自分の抵抗であり、戦いだ。

それでも……心が揺らぐ瞬間はある。

ナムガは間に合わず、こうして耐えながら……自分はここで朽ち果てるのかもしれない、と。

それでも、傀儡（くぐつ）として、人形として生きるより、人として死んでいくほうがはるかにましなはずだと思えるのは、ナムガのおかげだ。

自分が一人の人間であることを、ナムガが教えてくれたからだ。

そして……

「ナムガ」

そっと声に出して呼ぶと、再び勇気が湧いてくる。

ここに来た最初の夜、ナムガの名を口にして、リンチェンは泣いた。

だがその後は、ナムガを思うごとに、ナムガを呼ぶごとに、心が強くなるような気がしている。

そしてリンチェンは、日ごとに、心の中に何か不思議なざわめきを感じるようにもなってきていた。

何かが……近づいている。

何かが変わろうとしている。

それはナムガに関係があるようでもあり、もっと違う何かのようでもある。

なんだろう。

リンチェンは、そのざわめきの意味がよくわからないままに、じっと「それ」を待ち受けていた。

ばたばたと、慌ただしい足音が聞こえ、壁にもたれてうとうとしていたリンチェンは思わず身体を起こした。

怒鳴り声も聞こえるが、声は遠く、この牢に向かってきているのではないようだ。

だが、何かが起きている。

扉に耳をつけて必死に音を聞き取ろうとしていると、足音が近づいてきた。

二人分の足音だが、兵たちが履いている木底の沓ではなく、僧院で聞き慣れた、革紐の浅い沓だ。

「リンチェン！」

「リンチェンさま！」

同時に聞こえた二つの声に、リンチェンははっとした。

タシと……イシ師だ！

「お師さま！」

「今、ここを開ける」

錠ががちゃりと音を立て、扉が開いた。

「お師さま、ご無事で……何が……」

「話は後だ、さ、出るのだ」

寒い牢の中に閉じ込められていたリンチェンの足元がよろめくのを、イシ師とタシで両側から支えてくれる。

この数週間で、タシの背が少し伸びていることにリンチェンは気づいた。

イシ師の顔は少しやつれ、僧衣もくたびれて汚れているが、怪我(けが)などはしていないようだ。

「こちらだ」

イシ師が言って、階段に通じる廊下の出口に向かう。

「あの……見張りの兵たちは……?」

小走りになりながらリンチェンが尋くと、

「それどころじゃないんです!」

タシが興奮した様子で答える。

「とにかく、外へ」

イシ師に導かれ、階段を上がり、本堂に入る脇扉をくぐり、そのまま本堂の正面に向かう。

そして、本堂から一歩出て、石段の上から明るい外を一目見て——

リンチェンは言葉を失った。

本堂から見た正面は、完全に氷が溶けている。

その両側には薄氷が残り、まだ人が通れる場所も細く残っていそうに見えるが……

その、氷が溶けた水の上を、見たこともないものがこちらに向かって進んできていた。

楕円形の深めの皿の、先を少し尖らせて水に浮かべたような……とでも言ったらいいのか。だがもちろん、皿よりははるかに大きく、ひとつに十人ほどの男たちが乗っていて、それが二十あるのか三十あるのか、ここからではわからない。

「あれは……あれは、いったい……」

「船、というものだと思う」

イシ師が興奮を抑えきれない様子で答えた。

「水の上を進む、そりのようなものだと、読んだことがある」

「あんなに人が乗っているのに、どうして沈まないのでしょう」

タシが呆然と尋ねた。

リンチェンも、その不思議なものを見ながら、それでも頭の片隅の冷静な部分が疑問を抱いていることに気づいた。

「あの……船、に乗っている人たちは、なんなのですか？」

全員が屈強な男たちに見える。白い毛皮の帽子と焦げ茶色のチュバは、皆揃いの、同じものだ。

そうしている間にも、船は次々と僧院の正面の浜に辿り着き、男たちが飛び降りる。

その手にはそれぞれ、太刀(たち)を握っている。

兵士だ。

だが……領主の部下の兵士たちとは、どこか違う。

その、領主の兵たちは浜辺に並びこちら側で刀を構えていたが、三十人ほどに見えるその全員が、怯え、腰が引けているように見える。

上陸した兵たちが、領主の兵たちめがけて、刀を振りかざし襲いかかると、領主の兵はあっという間に向きを変えて逃げだした。

僧院のほうに駆け戻ってくる。

中には、島の横手の、まだ氷が張っている場所に逃げだした者もいるが、すでに氷は相当に薄くなっていたのだろう、たちまち割れて兵は水に落ち込んだ。

「何をしている、ばか者！」

リンチェンが立っている石段の少し下から、苛立った叫び声がした。

領主だ。

背後にリンチェンたちが立っているのに気づかない様子で、拳を振り上げて兵たちを叱咤している。が、どの兵も及び腰だ。

そして、揃いのチュバを着た見知らぬ兵たちは、ざくざくと砂を踏んで、こちらに近づいてきた。

もしかしたら……この中に、ナムガがいるのだろうか。

ナムガが言った外の世界の助けとは、この兵たちのことなのだろうか。

リンチェンはそう思って、兵たちを見た。

だが皆、寒さよけの布で顔を覆っていて、見分けがつかない。

ナムガはどこだろう、この中にはいないのだろうか。

必死に、一人一人に目をこらし——

突然リンチェンは、全身が痺れるような感覚を覚えた。

兵たちの中の、一人の男。

いや、ナムガではない。

ナムガとは体格が違う。背はナムガより少し低く、肩幅は少し広い。

他の兵とまったく同じ服装をしているように見えるのに……リンチェンには、その男一人だけが、光輝く衣を纏っているように見えた。

この人は、何か特別な人だ。

すべてを正しい場所に導いてくれる、神々に祝福された特別な人間だ。

そう——考える間もなく、身体が動いた。

「リンチェン！」

イシ師の声を背に、リンチェンはよろめくように石段を駆け下りた。

領主の横を駆け抜け、見知らぬ兵たちの列まで辿り着くと、後列にいた目指す男の前まで進む。

リンチェンを止めようとした兵を、さらに別な兵が止めた。

そしてリンチェンは、その男の前に立った。

顔は布で覆われ、わかるのは目だけだ。

ナムガよりはかなり年上の、鋭い目をした男。

だがその鋭さの中に、底知れぬ叡智（えいち）が宿っており、それだけでも並の人間ではないとわかる。

そして何よりも、その全身が放つ、神々しいほどの光。

リンチェンは砂の上に両膝をつき……そして、男のチュバの裾に、口づけた。

どうしてかわからない。

ただ、そうすべきだと思い、身体が勝手に動いたのだ。

「……なぜ、私に跪く？」

頭上から、男の声がした。

重々しく、威厳と慈愛に満ちた声に、リンチェンの身体は雷に打たれたように痺れた。

「ただ……そうすべきお方と感じたから……でございます……！」

「お前たち、少し下がれ」

男が命じ、兵たちが数歩下がったのがわかる。

「お前がこの地の生き神か？」

男が尋ね、リンチェンは「はい」と答えてもいいのか迷った。

「その資格が……この身にあるのかどうか、わかりかねます」

「あるとも、私にはそれがわかる。顔を上げよ」

男の言葉に、リンチェンが跪いたまま顔を上げると、男はゆっくりと帽子を取り、そして顔を覆う布を取った。

周囲にいた兵たちがその顔を直接見ることがはばかられるとでもいうように、さっと頭を下げる。

それは、四十前後の男だった。

鼻筋の通った、眉の濃い男。整った顔立ちではあるが、それだけではなく、その顔には高貴さと崇高さがはっきりと現れている。

男はリンチェンの肩に軽く……しかし優しく手を置いてから、僧院のほうに向かって踏み出した。

怯えた兵に囲まれた領主の前まで進む。

「ニエンダの領主、ザーフゥンだな。私がわかるか」

領主がさっと蒼ざめた。

「お……王、陛下……」

「いかにも」

王と呼ばれた男が頷く。

「この地でよからぬざわめきがあると聞いた。その源はそなたであるとも。関わりのあるすべての者の話を聞き、正しい裁きを行うために、私は来た」

「裁きを……」

領主は目を見開き、わなわなと震えだしたかと思うと――

「させるか!」

叫びながら、自分の傍らにいた兵が持っていた刀をもぎ取り、それを振りかざすと……王めがけて振り下ろそうとした。

その瞬間、王の兵の列の中から一人の兵がさっと飛び出し、王と領主の間に割って入ったかと思うと、領主の手から刀を叩き落とし、その腕をねじ上げた。

ほとんど同時に他の数名の兵も動き、領主を地面に組み伏せる。

「殺すな」

王が、最初に飛び出した兵に静かに言い、兵は軽く頭を下げ、一歩下がった。

リンチェンの身体が震えだした。

王の前に飛び出し、領主の刀を叩き落とした兵は……ゆっくりとリンチェンのほうを向き、顔の布を取った。

その前に、リンチェンにはもうわかっていた。

王の前にその人が飛び出した、その姿を見た瞬間から。

「ナムガ……!」

リンチェンが立ち上がり、ナムガに向かって駆け出すのと同時に、ナムガもリンチェンに走り寄る。

広げた腕の中に、リンチェンは飛び込んだ。

この胸、この腕。

着ているものは見慣れないが、間違いなくナムガその人だ。

「ナムガ……ナムガ……!」

ただそう繰り返すしかないリンチェンを、ナムガがきつく抱き締める。

「遅くなった」

そう言ってから、少し腕を緩めてリンチェンの顔を覗き込む。

「だが、間に合ったな」

ナムガの瞳、ナムガの声。

リンチェンはそのすべてを全身で確かめながら、涙が溢れ出てくるのを感じ、頷く。

ナムガが来てくれ……自分は今、ナムガの腕の中にいる。

もう一度、今度は優しくナムガがリンチェンを抱き締めると、王の声が聞こえた。

「わが弟よ、再会の喜びはわかるが、生き神は薄着だ。中へ入ろう」

弟……?

リンチェンが驚いてナムガを見上げると、ナムガが苦笑し、小声で「後ですべて話す」と囁いた。

呆然とするリンチェンの肩を抱き、ナムガは、王に続いて僧院に入る石段を上る。

イシ師と、その背後にひしめいていた僧たちが、王に向かって一斉に頭を下げるのが見えた。

「リンチェンさま、こちらを召し上がって、それからこちらにお着替えを」

上階の自分の部屋に久々に戻ったリンチェンの側でタシがかいがいしく動き回っている。湯浴みをし、食事を摂り、少し躊躇いながらも生き神としての純白の正装をしたのは、タシが「王さまのご命令です」と言ったからだ。

王が現れて三日経った。

リンチェンは休み、滋養を摂り、すっかり体力を回復し、その間に数度、王から遣わされた兵の一人に、これまでの事情をすべて話してある。

ナムガは何度か、短時間リンチェンの様子を見に現れたものの、ゆっくり話す時間はなかなかなかったのだが、今日はようやく、身支度を整えているリンチェンの部屋に姿を現した。

着替えが済んで今度はタシに髪を結われているリンチェンの様子を、部屋の壁際に凭れて座っているナムガが微笑んで見つめている。

リンチェンはその視線が嬉しく、同時に気恥ずかしくて落ち着かない。

タシのような「王」という言葉すら知らなかった者たちまでもが、今は全員、王の意を受けて立ち働いている。

リンチェンも、「王」というのは物語の中に出てくる偉い人という認識しかなく、領主の別な呼び方だろうか、ぐらいにしか考えていなかった。

だが実際には、王とはすべての領主の上に立つ存在だった。

俗世の民だけでなく、すべての僧院をも束ねる立場でもある。

王のあの神々しさは、神々の恩寵をその身に帯びているからなのだろうか。

リンチェンは、あの、ナムガが世界のことを説明してくれた卓のことを思い浮かべた。

あの卓がこの国なら、この領地は南西の端に過ぎない。

王がいる「都」というのはこの国の中心よりは少し東に寄った位置にあるらしく、ここは都から見れば、本当に遠い辺境だったのだ。

僧院の屋上から眺めてあんなに広いと思っていたこの盆地は、本当に狭い世界だったと改めて思う。

だがその遠い辺境まで、王は驚くべき速さで来てくれた。

リンチェンが兵に捕らえられ、ナムガはこれまで躊躇っていたが、もう王に縋るしかないと決意し、王が街道に設置している駅馬を使って都に急行し、訴えたのだ。

王はただちに、兵を率いて出立した。

「おそらくお前が島に着く前に、俺たちはもう都を発っていたと思う」と言うナムガの言葉に、連れ戻される道中であれこれ抵抗して旅路を引き延ばしたことは無駄ではなかったのだ、とリンチェンは思う。

「それにしても……あなたが、王の弟……というのは」

リンチェンはようやく、話がそこまで辿り着いたと思う。

ナムガは、自分の前に置かれた、磁器の碗から香草入りの茶を口に含んで苦笑した。

「異母弟だ。俺は前王の、十四人もいる庶子の一人に過ぎない」

「庶子……?」

「正式な王妃の子ではない、ということだ。俺の母は、このニエンダから王宮に差し出された侍女の一人だったのだが、一度だけ、王の目に留まったのだ。それで、俺が生まれた。母の身分も低く、数のうちにも入らない庶子ではあるが、男子であることでいらぬ陰謀を企む者に利用されぬよう、早くに王宮を離れて母方の祖父母の元にやられたのだ」

リンチェンが知っている経典をもとにした寓話の中にも、王や領主が、複数の妻を持っている話はたくさんあった。だがその中で「妃」と呼ばれるのはただ一人であり、王位を継ぐのはその王妃から生まれた子と決まっている。

遠い世界の遠い話と思っていたが、ナムガはそういう世界の人だったのだ。

「つまり俺は、王家から棄てられた子だ。だから極力王家に関わらないように育ち、生きていた。それでも俺が王家に関わりがあると知ると、近づいてきて利用しようと企む者たちがいる。時には命を狙われることもある。だから俺は村の外に出て、なるべくひとところに長居しないようにして生きてきた。北で塩を掘ったり、東で茶を運んだり……数年ほど、傭兵(ようへい)になっていたこともあるな」

淡々と語る、その言葉の裏に、どれだけの苦労があったのだろう。

ナムガが広い世界を見てきたのは、一ヶ所に落ち着いていられないという事情があったからだったのだ。

「それでも都にだけはなるべく近寄らないようにしていたのだが」

ナムガは苦笑する。

「父である前王が崩御してあの兄の即位が決まり、庶子も皆その儀式に参列して新王に忠誠を誓うことになり、都に呼ばれたのだ。そこではじめて新王は、棄てられた前王の子に詫びてくれ、俺のことも気に入ってくれ、これまでの苦労の代償として都での位も提案されたが……俺にはそういう生き方は向かないと言うと、無理強いはしなかった。そして祖父母への賜り物も下された」

ナムガはそう言って、少し遠い目になる。

「それを祖父母に渡そうと村に戻ったら……村はなくなっていた」

それが、以前聞いた、領主の圧政の結果だったのだ。

無理な重税をかけ、従わない村から家畜や作物を根こそぎ奪う。ナムガの育った村もすべてを奪われ、村人はちりぢりになり、育ててくれた祖父母が亡くなった。

「それを……すぐには王に訴えなかったのですね」

リンチェンが尋ねると、ナムガは頷いた。

「あのような事件は、さほど珍しくはない。そして、地方のことは地方の領主に任せるのが原則だ。俺は離れて育った異母弟で王と個人的に親しいわけでもないし、王に訴えても、領主への厳重な注意くらいで終わるのでは、俺が納得できないと思った。だから、自分の手で、あの男を殺そうと思った。だが」

ナムガはリンチェンを見つめる。

「お前が領主に苦しめられているのを知り……そしてこの地の領民が皆、領主の横暴に苦しんでいるのを見たら、それでは足りないと思った。苦しめられたのが俺一人なら、俺一人の命を賭けて仇討ちをすればいい。だが領民だけでなく、僧院までを私物化し、ないがしろにすることは、王への反逆に通じる、と」

それで、王に訴えてくれたのだ。

そして王はただちに動いてくれた。

「どうやら王は、南西の方角で不穏な動きがあることを感じ取っていたらしく、調査をさせようと思っていたところへ、俺が駆け込んだらしい」

ナムガは言った。

「王には……俗人にはない、少し不思議な力があるから。それこそが王の証でもある」

それが、自分が見た王のあの輝きのようなものなのだろうか。

それでも、ナムガが直接訴えなければ、王の動きはもっと遅かったかもしれない。

「ナムガ……」

リンチェンは、ナムガを見つめた。

「本当は、いろいろ複雑な気持ちがあったのでしょう……だから最初は、王さまに頼らず、自分一人で仇討ちをしようとしていたのでしょう？　それを私のために……」

嬉しい、と思うと同時に、申し訳なくもある。

自分のためにナムガが、これまで貫いてきた生き方を変えたのかと思うと。

するとナムガが驚いたように一瞬眉を上げ……

それから、白い歯を見せてにっと笑った。

「そうだ、お前のせいだ。せっかくお前の心を得て、お前に世界を見せてやれるというのに、俺が命を落としたのでは割に合わなさすぎるからな」

その冗談めいた口調と、悪戯っぽい光を浮かべた目に……

ああ、これがナムガだ、とリンチェンは思った。

ナムガの言葉はリンチェンの心を軽くしてくれるものであり、そして確かにナムガの本心でもある。

明るい未来を見つめ、その未来にリンチェンを誘ってくれる人。

昏く燃えた瞳よりも、明るい笑みのほうがはるかに似合う人。

その人を、自分はこんなにも好きなのだ、と思ったとき……

外から扉が叩かれた。

「リンチェンさま、お支度がお済みでしたら、大講堂へお越しください」

年若い僧の声だ。

「はい、できています」

リンチェンが答えると、ナムガが立ち上がり、リンチェンに手を差し出した。

リンチェンは自然に、その手に自分の手を載せた。

温かい手が、しっかりとリンチェンの手を握ってくれる。

後ろにタシがつき従い、階段を下り、僧院の二階にある、僧たちの修行のための講堂に入っていくと、奥の一段高いところに王の座がしつらえられてあった。

衝立(ついたて)を背後に置いた螺鈿(らでん)の床几(しょうぎ)に王が腰掛け、左右には兵たちが片膝をついた姿勢で居流れていた。

その姿勢には見覚えがある、とリンチェンは思った。

ナムガが巡礼としてやってきたとき、両膝ではなく片膝をついて礼儀知らずの田舎者と笑われていたが……おそらく王の前では、これこそが正しい礼儀なのだ。

敷物が敷き詰められた広い講堂には、僧たちがすでに平伏している。

そして……一番前に、領主が後ろ手に縛られた状態で座っていた。

一人の兵に促され、リンチェンとナムガは、その領主に並ぶ位置まで進む。

領主は一回り小さくなったようで、無精髭が伸び憔悴した様子で、リンチェンのほうをちらりとも見ない。

取り押さえられたときに抵抗したせいか、目の周りや口元が赤黒く腫れている。

リンチェンが閉じ込められていたあの牢に入れられ、王の兵に厳しく詮議を受けたらしいことは、タシが聞き込んできたのでリンチェンも知っている。

「揃ったな」

王がゆったりと言った。

あの、王が纏っていた不思議な光は、今は目に見えない穏やかな空気となって王を包んでいるように見える。

「この三日、私は関わりのある者たちの話を聞き、近辺の民の様子も調べさせ、この辺境のニエンダの地で、正しくない統治が行われていたと知った」

王はそう言って、領主をじっと見つめる。

「税の取り立てなどについては、長年領主の裁量に任されてきて、王といえども口を出すことはできない慣習だ。領内の僧院についても、庇護者としてある程度干渉するのはやむを得まい。しかし」

王の声が厳しくなった。

「それをよいことに、僧院を私物化し僧たちを苦しめ、神々を信じる巡礼たちから過分な通行税を取り立て、あまつさえ生き神を汚して支配し、その生き神を通じて近隣の領地をも支配しようともくろんだことは、明らかに王に対する反逆である！」

しんと、場が静まり返る。

王は領主の陰謀をすべて把握したのだ。証言も、証拠も、揃っているに違いない。

領主には反論の余地はないだろう、とリンチェンは思ったのだが……

「お、お待ちください！」

領主が声を絞り出した。

「異論があるなら申してみよ」

王が静かに尋ねる。

「お、おそれながら……ひとつだけ、他の罪状はともかく、生き神に関しましては、これなるリンチェンは」

領主はそう言って、横目でちらりとリンチェンを見た。

「そもそも最初から、神々に選ばれた本当の生き神ではございません。ですから、生き神を汚して支配しようとした……という罪には当たらないものと」

その言葉の意味を、一瞬遅れて理解し……

リンチェンは怒りに身体が震えるのを感じた。

自分で偽の生き神を仕立てておきながら、それが偽物だから、生き神を汚そうとした罪には問われないと……領主はそう言いたいのだ。

ひとつでも罪状を減らし、罰を軽くしようとしている。

もし、領主が言う通り、自分が本物の生き神でないことで、もくろみ通り領主の罪がひとつ減るのなら……それはあまりにも口惜しい。

ナムガが宥めるように、リンチェンの手をそっと握ってくれ、リンチェンはなんとか気持ちを落ち着かせる。

「なるほど」

王の声に、かすかに苦笑が混じったような気がした。

「お前は、これなるリンチェンが、己の仕立てた偽物だと言うのだな」

一拍置いて——

「その言葉こそが、生き神その人と、神々に選ばれし王への侮辱、すなわち神々への冒瀆(ぼうとく)であると、なぜわからないのか！」

ぴんと張り詰めた講堂の空気が、びりびりと震えた。

王がすっくと立ち上がる。

「いいか、これなるリンチェンは、同じ服装をした大勢の兵の中から、私一人を見分け、跪いたのだ。王の存在すら知らずに育ったにもかかわらず、私を、特別な存在だと確信したのだ。そうだな?」

王がリンチェンに向かって尋ねる。

「は……はい」

「なぜ、お前は私に跪いた?」

「自分でも……わかりかねます。ただ、あなたさまが……お一人だけ、光輝く衣を纏っておいでのように思い……あなたさまこそが、私たちをお救いくださる方だと……」

本当に、そうとしか言いようがない。

すると……

「リンチェンよ」

王が優しく言った。

「それこそが、お前が神々に選ばれし、本物の生き神であることの証なのだ」

そして、領主をきっと睨みつける。

「愚かな男よ、お前は自分に都合のよい者を選んだつもりだったのだろうが、お前こそが神々の意思に動かされていたのだ。お前の邪悪な企みを封じるために、神々がお前に、このリンチェンを生き神として選ばせたのだ」

リンチェンは呆然とした。

自分が……本物の生き神……？

王を見分けたことが、本物の生き神であることの証……？

では、自分はこれまで、巡礼たちを騙してきたわけではなかったのだろうか。

王は言葉を続ける。

「よって、お前は訴えのあったすべての罪について有罪である。ここに私は、ニエンダの地からザーフォンを取り除くことを命ずる。ニエンダの地には、後日王宮の会議で、新たにこの地にふさわしい領主が選ばれることだろう。そしてザーフォンには死罪を……」

「畏れながら」

王の言葉を遮ったのは、ナムガだった。

王が怪訝（けげん）そうにナムガを見る。

「まだ罪状が足りないのか？」

「いえ……畏れながら、死罪には反対申し上げる」

ぶるぶる震え蒼白（そうはく）になっていた領主が、驚いたようにナムガを見る。

ナムガはその領主をじろりと横目で睨んでから、王を見上げ、しっかりした口調で言った。

「この男には、自分の罪を生きて償わせ、生きている限り、己のしたことを悔やませたい。己の愚かさで失ったものの大きさを教えたい。それが死罪よりも重い罰だと信じる。この男のせいで親族を失った一人として、俺はそれを望みます」

少し躊躇ってから、つけ加える。

「ただし……こう思うのが私だけで、他の人々が皆死罪を求めるのなら仕方ないのかもしれないが」

リンチェンには、ナムガの言いたいことがわかった。

ここでただ領主が死罪になったとしても、むなしさは残るだろう。

それよりも、己がしたことをいつか本心から悔やむようになれば……それこそがこの男にとっての真の苦しみとなり、罰となるはずだ。

悔いた先に神々に縋ることに辿り着くかもしれないが、それは神々に任せるべき領域だろう。

「私からも、同じことをお願い申し上げます」

リンチェンは思いきって言った。

「この男に……決して情けというわけではなく、罰として、生きて償うことをお命じくださいませ」

「リンチェン……」

ナムガが驚いたようにリンチェンを呼び、そして小声で囁いた。

「お前は、わかってくれるのだな」

リンチェンは頷いた。

母と祖父母を失い、一度は自分の手で領主を殺そうとしたナムガがこう言うのだ。

どれだけの葛藤があったことだろう。

だがナムガの中にある正義感、正しさを求める心が、勝ったのだ。

そんなナムガの心に自分も寄り添いたい、と思う。

王は沈黙し……やがて、ゆっくりと口を開いた。

「……この男に最も苦しめられた一人であるお前がそう言うのならば、認めよう」

そして少し考え、領主に向かって、もう一度厳しい視線を向ける。

「お前はこの先、三年の間、北の荒れ地にある塩の大地に送る。厳しい環境と辛い労働の中で、苦労して得るであろう賃金の半分を、償いのためにこの僧院に寄進せよ。その後はこの僧院に戻り、最も身分の低い下働きとして、僧と巡礼に奉仕しながら僧院とこの地の新しい繁栄をその目で見つめ続けるがよい」

領主は何か言おうと口をぱくぱくとさせたが、言葉は出てこなかった。

おそらくこの男の中でも、ただちに死罪になるのと、常に監視される貧しい労働者になるのと、どちらがましなのか判断がつきかねているのだろう。

そして三年が過ぎれば、かつて自分が支配した場所の繁栄を、下働きとして見届ける羽目になる。

領主として栄華を誇った者にとって、それはもしかしたら死罪よりも辛い生活になるかもしれない。

それでもリンチェンは、いつの日かこの男が罪を悟って、心が楽になる日が来ることを祈ろうと思った。

その後王は、僧院の中についてもあれこれ整理を命じた。

心弱く領主に従うしかなかった僧院長はじめ年配の僧たちは、島の僧院を出され、各地にある生き神のいない僧院に分散して移されることになった。そこで今後はひたすら修行に励み、神々に許しを請う生活に入る。

新しい僧院長に任命されたのは、イシ師だ。

王は、この僧院が湖の中にあるという特別な立地ゆえに、他の僧院から切り離されて領主だけを頼みとしていたのが不幸のもとだったと言い、イシ師に、鳥を使って王と直接連絡を取れる特別な権利を与えた。

これからはこの僧院は、王の直轄となるのだ。

やがて新しい生き神も選ばれることだろう。

生き神の地位については、王は、リンチェンに本物の聖性があると認めた。

精通があり身体は大人になっても、生き神の中には稀にその聖性を失わない者がいる。

そういう者は望む限り生き神の地位にいることもできるし、その地位を降りて改めて出家し、地位の高い僧になることもできる。

だが、リンチェンはそのどちらも望まなかった。

島を出る。

島を出て、広い世界を見に行く。

ナムガとともに。

それがリンチェンの望みだ。

「つまりそなたは、すべてを捨てても悔いなき、ただ一人の人間を定めたのだな、このナムガに」

リンチェンの決意を聞いて、王は笑った。

「ナムガ、お前もこのリンチェンに、己の運命を見たのだな」

そして……

「少し考えることがあるので、後でナムガに伝えよう。あと三日、私はここに留まる、お前たちも島を出るには船が必要だろうから、ともに出ていくがよい」

　王が言ってくれたその言葉で、リンチェンは、自分の前に新しい世界が開かれたのだと知った。


「ここが？」

リンチェンは、はじめて入る僧院の中の客室を見回した。

冬場の巡礼の季節には、遠くから身分のある客や裕福な商人、高位の僧の縁者など、特別な訪問者を迎えることがある。

一般の巡礼たちとの宿舎とは別に、僧院の別棟にそういった客人用の部屋があることも、リンチェンは知らなかった。

王はこの建物の二階の、さらに特別な一室に滞在し、兵たちもその近くの部屋を固めているが、ナムガが泊まっているのは、三階にある静かな一室だ。

控えの間などはない素朴な部屋だが、分厚い壁掛け布や敷物、その敷物に座って食事などを載せられる低い机、寄りかかれるような詰め物をした枕など、心地よくしつらえられている。

「ここからだと、船が見えるんだ」

ナムガはリンチェンの肩を抱き、窓辺に寄った。

湖の氷はほとんど溶けてしまい、それでもまだ冷たそうな深い青色の水が夕日を受けてきらきらと光っている。

そして僧院の正面の砂浜には、数十艘の船がずらりと並んでいた。

「あの船は、本当に不思議です。人を乗せて、水に浮かぶなんて……」

「あれはコワといって、ヤクの革でできている船だ。都のほうでは、川幅の広いところを、あれで渡るんだ」

ナムガが説明してくれる。

「丈夫だが、軽い。大人一人で担げるほどで、簡単に分解して馬にも乗せられる。だから、これだけの数をここまで持ってこられたのだ」

そう言ってナムガはリンチェンを見て微笑む。

「ここを出るときは、お前もあれに乗るんだ……怖いか?」

リンチェンは首を振った。

「怖くはありません。だって、実際にあれに王やあなたや兵たちが乗ってきたのをこの目で見ましたから。乗るのが楽しみです」

「お前には冒険家の素質がありそうだ」

ナムガは笑い……それから、真顔になった。

「タシは、ちょっとかわいそうだったな」

「はい」

リンチェンは頷いた。

リンチェンは生き神を降りると決意した。だからもう、生き神の私室は使えないし、生き神のように世話を受けることもできない。

そう言ったとき、タシは泣いたのだ。

リンチェンが黙って島からいなくなったときよりも、リンチェンが生き神でなくなると意識した今回のほうが寂しいと言っていた。

リンチェンも、タシと改めて別れることは辛い。

だがタシは賢い子だ。

今後僧としての修行を積み、僧の数が少なくなったこの僧院で、やがてはイシ師を補佐するほどの学僧にもなれるかもしれない。

遠くの地でこの僧院に向かう巡礼に出会ったら、必ずタシへの言伝を託す、とリンチェンは約束した。

そして、生き神の私室を出て……ナムガが泊まっている、この部屋に来たのだ。

二人はそのまま無言で、夕日に染まった景色がゆっくりと闇に沈んでいくのを見ていた。

やがて完全に日が落ちると、

「このままここにいると冷える」

ナムガがそう言って、上に開くようになっている木の窓の支えを外して閉め、保温用の垂れ幕をその前に下ろす。

部屋の中は、先に準備されていた灯明で仄明るい。

「リンチェン」

ナムガが、リンチェンと向かい合って立ち、リンチェンの両手を握った。

「やっと、いろいろなことが終わって……そしてはじめられるんだな」

「はい」

リンチェンは頷いた。

ナムガが優しく目を細め、両手で握ったリンチェンの手を、ゆっくりと自分の口元まで持ち上げて、そっと唇をつけた。

「もう一度、こうしてお前に触れられるのがどれだけ嬉しいかわかるか?」

リンチェンの鼓動が速くなる。

「それは……私も、です」

牢の中で、もしかしたらもう二度とナムガに会えないかもしれないと、何度か思いかけた。だが、会えると信じていた。

こうしてもう一度触れ合い……そして、今度こそ互いを深く知り合えるのだ。

「ただ」

ナムガの瞳が、かすかな躊躇いに揺れる。

「俺はまだ、少し迷っている。お前を俺のものにすることで……お前が本当に、決定的に、生き神であることをやめるのかと思うと」

リンチェンは首を振った。

確かに、王が自分を本物の生き神と認めてくれたことは嬉しかった。

そして、大人の身体になっている自分を水の神が「器」として使い、王を見分けさせてくれたことは、一生忘れられない奇跡だった。

それでもリンチェンは、生き神であることに未練はない。

「私は……人になり、人として生きたいのです」

リンチェンはナムガの目を見つめたまま言った。

「今の私はまだ、人と神のあわいにいるような気がします。その私を、ちゃんと人にしてほしいのです……この先、あなたと歩んでいけるように」

「リンチェン……」

ナムガは一度目を閉じ、そして開けた。

その瞳の中に、明るい決意が宿っている。

「では、俺も迷いを捨てる。お前を俺のものにする。いいな」

決まりきっている返事を待たずに、ナムガがリンチェンを抱き寄せ、唇を重ねてきた。

熱い。

唇があの棄てられた僧院で重ねたときよりも熱いのは、部屋が暖かいせいだけではないのだとリンチェンにはわかった。

重ね、押しつけられる唇。

これが恋しく……そして欲しかった。

他の誰でもなく、ナムガの唇が。

そしてそれ以上のものが。

舌が忍び入ってくる。

歯列を辿り、乗り越え、リンチェンの舌をくすぐり、絡める。

「……んっ……っ」

甘い声が洩れた。

息が上がり、頭の中がぼうっとしてくる。

やがて唇が離れると、ナムガは、リンチェンの膝裏を掬(すく)うようにして抱き上げた。

「……俺の花嫁を、新床に」

少しふざけたように、しかし隠しきれない熱を籠めた声でそう言うと、部屋の奥に歩む。

垂れ幕の陰に、厚地の布団が何枚も重ねられて床から一段高くなっているところに、ナムガはそっとリンチェンの身体を下ろした。

再び唇が重なる。

今度は、少し荒っぽく。

覚えたての口づけにリンチェンが懸命に応えていると、ナムガの手が、リンチェンの帯を解いた。

前合わせの上着を開き、さらにその下の薄ものの合わせ目から手を忍び込ませ、リンチェンの素肌を撫でる。

「……っ、ま、って」

リンチェンは驚いて、口づけから逃れた。

「あの、何を」

「ええと……」

ナムガが一瞬驚いたように手を止め、戸惑ったような声を出した。

「お前は、何をどこまで知っているのかな、こういうことを」

何をどうするのか。

唇を重ね、互いの身も心も深いところまで知り合う。

……ということは、わかっている。望んでもいる、のだが。

ナムガの手が衣服の下の素肌に触れて、自分が「その先」をよくわかっていなかったことに気づき、リンチェンは恥ずかしくなった。

「よく……わからない……のです」

「そういうことか」

ナムガが頬を緩め、ちゅっと音を立ててリンチェンの額に唇をつけた。

「それは当然だ、何も知らなくて」

そう言って、どこか嬉しそうに、いとおしげに、リンチェンを見つめる。

「俺が全部教えてやる。お前の衣服を全部脱がせて、俺も自分の着ているものを脱いで、
そして素肌と素肌を重ね……お前の中に俺を入れて、俺とお前はひとつになるんだ」

自分の中にナムガを入れる、というのがよくわからない。

だが、わからなくていいのだろう。

ナムガが全部教えてくれる。

「じゃあ……私の中に、あなたを入れてください」

真剣にリンチェンが言うと、ナムガが我慢できないように片頬を歪めた。

「それはお前……『煽っている』と言うんだぞ」

「え？」

「その前に、俺はお前の身体を隅々まで知るんだ」

そう言って、ナムガは今度はゆっくりと、リンチェンの着ているものを脱がせはじめる。

世話をしてくれる人の前で、裸になり湯浴みなどをすることはリンチェンにとって当たり前のことだった。

それなのに、ナムガの手で、ナムガの瞳にさらされながら素肌をさらしていくことは、まるで違う行為だとわかる。

恥ずかしく……もどかしく……それだけではない、何か甘く疼くようなものが身体の奥に生まれる。

下帯まですべてを取り去り、ナムガは感嘆したようにリンチェンの全身を見下ろした。

「お前は……本当に、美しい……」

「ナムガは……？　私も、ナムガを」

見たい。

ナムガはにっと笑い、荒っぽく着ているものを脱ぎ去った。

広い肩、逞しい腕、厚い胸が露わになっていく。

引き締まった腹。

そして、その下にある、黒々とした叢から、勃ち上がっているもの。

「あ……」

自分のものとはまるで違うそれを思わずまじまじと見つめてしまうと、ナムガが照れくさげに笑う。

「こいつが……もう、お前を欲しがっているんだ」

そう言って、リンチェンの上に身体を倒してきた。

「お前も……俺を欲しがってくれ」

「あぁ……っ」

素肌と素肌が直接重なるはじめての感触に、リンチェンは思わず声を洩らした。

なんだろう、この気持ちのよさは。

切ないほどの幸福感は。

ナムガと、こんなにも近い。

ナムガが、リンチェンの身体に唇をつける。首筋に、鎖骨に、胸に。

掌がリンチェンの身体を探る。腕を、脇腹を、背中を、腰を。

ナムガの唇と手が触れたところが、ぽっと火が点ったように熱くなっていく。

自然と、息が上がっていく。

「あっ」

ナムガの唇が胸のあたりをちゅっと吸い、リンチェンの身体に甘い痺れが走った。

乳首だ、と一瞬遅れて意識する。

唇で吸われ、舌でくるまれて転がされると、身体の奥のほうでうずうずとしたものが生まれたような気がした。

これは、なんだろう。

もう片方の乳首を、ナムガの指が摘まんだ。

「あ、や……っ」

不思議な疼きに、じっとしていられない。

「な、に……っ？」

「気持ちいい？　悪い？　どちらだ？」

乳首を唇に挟んだままナムガが尋ね、その刺激がまた、リンチェンの体温を上げる。

気持ち……悪いのでは、ない。

ただ、ただ……熱くて……甘くて……

「気持ち、いい」

たぶん。

「だったらそのまま、それを味わっていろ」

そう言ってナムガは両方の乳首を交互に唇に含み、その間に掌が円を描くように胸から腹へと撫でていき、そして指先がリンチェンの淡い叢をくすぐった。

「んっ……、あ」

ナムガの手が、リンチェンのものをやんわりと握る。

リンチェンははじめて、自分のものが常とかたちを変えていることに気づいた。

先ほど見たナムガのもののように……あれほど逞しく頭を擡げているわけではないが、確実に芯を持って熱くなっている。

朝方にそういう状態になっていることはあったが、気づかぬようにしているといつの間にか戻っていた。

だが今は、ナムガの手で、否応なく意識させられる。

指の腹で先端を撫で、裏側を擦り、すっぽりと握られてやわやわと力を入れられると、どうしていいのかわからなくなる。

ナムガの手が、いつしかくちゅくちゅと濡れた音を纏いながら上下しはじめる。

ナムガの唇が胸から離れたのにも気づかないほど、リンチェンの意識はそこだけに集中していた。

「あ、あ……っ……っ」

ぞくぞくとしたものが、次々と身体の奥で生まれては皮膚の上で弾ける。

たまらなくなってリンチェンは額をナムガの胸に押しつけた。

何かが、来る。

得体が知れなくて……それなのに、よく知っているようにも思える何かが。

これが「来る」のが、怖い。

するとナムガが、リンチェンの耳元に顔を寄せ、囁いた。

「いいんだ、我慢するな、いきたければいってしまえ」

その言葉の意味を摑みそこねたような気がしたのに、声音がリンチェンの中にある何かの抵抗を押しのけたのがわかった。

「んっ……く、うぅ……っ」

腰の奥で何かが破裂したような感覚。

熱の塊が渦を巻くように出口を求め――そして、見つけた。

「あ……っ」

全身の毛穴が開いたように、汗が噴き出す。

数度、痙攣（けいれん）し……そして弛緩した身体を、ナムガが抱き締める。

「……っ、ふ、あ……」

なんという……強烈な幸福感だろう。

やがて荒い呼吸がようやくわずかに収まってくると、リンチェンは急に恥ずかしくなった。

「あ、あの……」

「今のでいいんだ」

ナムガがリンチェンの唇に、口づけた。

「きれいで……かわいくて、嬉しかった。お前が、俺の手で感じて、いってくれたんだ」

今のは、そういうことだったのか。

リンチェンの中で、朝起きると時折下帯を汚していた事実と、今の行為がようやく繋がる。

精通があり、身体が大人になったのだと教えられても、自分のような存在に、なんのためにそんな現象があるのかわからなかった。

だがそれは……こういう悦びに通じるものだったのだ。

嬉しい。

ナムガが喜んでくれるのなら、さらに嬉しい。

そして。

「ナムガ……は……？」

尋ねると、ナムガが唇の端を上げた。

「ああ、俺も、我慢できない。だが……そのためには」

そう言ってナムガは、リンチェンの身体を俯せに返した。

「え、あの」

腰を引かれ、膝を立てた格好になる。

戸惑っている間に、ナムガがリンチェンの双丘を優しく撫で、そして口づける。

その唇が、狭間へと動いていく。

「や、ナム、ガっ」

ナムガの唇がどこに向かおうとしているのかわかり、リンチェンは身を振った。

「そんな……」

「ここに」

舌先が、奥まった場所をつついた。

「俺を」

リンチェンの中に、ナムガが入る。

そういうことだ……ナムガが言っているのは、そういうことなのだ。

だったら、ナムガに委ねてしまうしかない。

そう思うのに……舌先で、唇で、指で、そんな場所を探られることは、前に触れられるよりもさらに恥ずかしい。

ナムガの視線が自分のそこに落とされているのだと思うだけで、恥ずかしくてどうにかなりそうだ。

そんな羞恥と裏腹に、一度引いた汗がまた全身にじんわりと沁み出していた。

鼓動が速まり、さきほどとは違う熱が身体の中に溜まっていく。

「あ……あ、あっ」

唾液が塗り込められ、指が両側からそこを押し開き、そして……尖らせた熱い舌が、入り込もうとしている。

それがどうして、こんなに……こんなに……

「んっ、あ……っ、あ」

舌よりもしっかりした感触が、ゆっくり奥へと入ってきた。

指、だ。

ナムガの指が自分の中に入り、内側を押し広げるように動きながら進んでくるのがわかる。

「……っ……う、くっ……っ」

様子を見るように抜き差しされているうちに、その動きに合わせて腰が揺れだすのが止められない。

自分の身体はどうしてしまったのだろう。

指が二本になり圧迫感が増したが、それ以上に、切ないような焦れったい感覚が胸にせり上がってくる。

と、ナムガの手がリンチェンの前に回った。

その手に握られて、一度萎えた自分のものが再び力を持っていることに気づく。

前と後ろが、繋がっている。

これは、この感じは、気持ちがいい……のだ。

だが、ナムガの手で達した先ほどとは違い、決定的に追い上げてくれる何かが足りない。

「んっ……っ、ああ……っ……」

いつまでこれが続くのだろう。

と……

ぬぷりと音を立てて、ナムガの指が引き抜かれた。

「あ」

身体の中に、ぽっかりと大きな空洞ができてしまったような気がする。

すると、ナムガの手が、リンチェンの身体を再び仰向けにした。

リンチェンの膝をゆっくりと両側に押し開き、その間に、身体を進めてくる。

ナムガの猛ったものが、ぴたりと、先ほどまで指が入っていた場所に押し当てられた。

「リンチェン、いいか」

ああ、やっと、だ。

ナムガが自分の中に入ってきてくれる。

やっと……ひとつになれる。

「き、て……っ」

ほとんど無意識に、リンチェンはそう言っていた。

リンチェンの背後に回した手で、ナムガが双丘を両側から割り広げる。

そして……強く押し当てられたものが、ぐぐっとリンチェンの中に入ってくる。

熱く、固く、大きい……！

想像以上の圧迫感。

リンチェンは思わずきつく目を閉じた。

息が詰まる。

「リンチェン……リンチェン、ゆっくり息をするんだ」

ナムガの抑えた声。

浅くなる息を必死に堪え、なんとか深く息を吸い、そして吐く。

その呼吸に合わせるように、ナムガが奥へと進んでくる。

きつい部分を通り過ぎた瞬間、何かのたがが外れたように、ずるりとナムガが奥まで入ってきた。

だがまだ、苦しい。

するとナムガがゆっくりとリンチェンの上に身体を倒してきた。

片腕が、浮き上がった背中に回り、リンチェンの身体を抱き寄せる。

胸と胸がぴったりと重なる。

「あ……」

リンチェンは思わず声を出した。

ナムガと、素肌と素肌を重ねている。

近い。

二人の体温が混じり合ってしまいそうなほど。

「……わかるか？」

ナムガがどこか苦しげな声で尋ねた。

わかる。

自分の中に、ナムガがいる。

ひとつに、なっている。

そう思った瞬間……自分の中がとろりと蕩けたような気がした。

身体が異物として拒んでいたナムガのものが、自分の一部になったような感覚。

「あっ」

ぞくりと身体を震わせると、ナムガがわずかに腰を揺らした。

それだけで、リンチェンの中にぞくぞくとした熱い何かが生まれる。

「んっ……ん、あっ……」

自分の声が、ぎょっとするほど甘さを帯びたのがわかった。

「リンチェン、俺を見ろ」

ナムガの声に、リンチェンは目を開けた。

目の前に、ナムガの顔がある。

何かを堪えるようにわずかに頬を歪めた、精悍な顔が。

空の神の像に似た、しかしまぎれもない生身の男の。

これまで知っていたナムガと同じはずなのに、より男らしく、美しく見え……たまらないいとおしさが込み上げてくる。

ナムガが目を細めてリンチェンを見つめた。

「わかるか……俺はお前のもので、お前は、俺のものなのだと」

その言葉がリンチェンの胸に熱く響いた。

自分とナムガは互いのもの。

互いを知る、というのはこういうことだったのだ。

ナムガの優しさ、温かさ、普段は隠れている思いがけない激しさ、彼のすべてがここにある。

「私の……ナムガ」

ようやくそう言うと、ナムガが嬉しそうに頷き、そして口づけてくる。

ぎこちなさのなくなった、深い口づけ。

そしてゆっくりと、ナムガが腰を動かしはじめた。

「あ、あ……んっ……っ」

リンチェンはナムガの逞しい肩に腕を回してしがみつく。

気持ち、いい。

内側を熱いもので擦られ、その熱で、重なった身体が溶け合っていく。

心も身体も、こんなに気持ちいい。

「あ……あ、あ」

リンチェンの感じるところを探るようだったナムガの動きが、確信を得たように力強いものになっていく。

ナムガの息も荒い。

掌に感じる、ナムガの肩や腕も、次第に汗ばんでいく。

重なった二人の身体の間にナムガの手が潜り込み、再びリンチェンの張り詰めたものを握った。

腰の動きに合わせるように数度扱かれただけで、リンチェンは快感の大きな波が襲ってくるのを感じた。

「……あ、ああ、も……っ」

「リンチェン……っ」

ナムガが呻くように呼んで、きつくリンチェンの身体を抱き締める。

その瞬間、リンチェンも信じられないような高みまで上り詰め——

そして、たまらない幸福感とともに、意識を手放していた。


ナムガがリンチェンを見つめている。

その瞳は甘く、視線だけでリンチェンを蕩かしてしまいそうだ。

寝具の下で、汗の引いた裸身をぴったりと寄せ合い、抱き合っている……気恥ずかしく甘酸っぱい喜び。

「リンチェン」

ナムガが優しく呼んで、リンチェンの髪を指で梳く。

「これで、よかったんだな?」

その言葉の意味することを察し、リンチェンは頷いた。

「私は……ようやく、人になれたのです、あなたのおかげで」

自分は生き神ではなく、人だ。

ナムガという男を愛し愛される、一人の人間だ。

それがこんなに嬉しいことだとは想像もしなかった。

「だからもう、いつでもここを出て、世界を見に行けます」

「そうだな」

ナムガは頷き、リンチェンを見つめた。

「実は……王が、俺とお前に特別な任務を託したいと言っている」

「特別な……?」

リンチェンが尋ねると、ナムガは少し身体を起こし、肘をついて、手で自分の頭を支えた。

少し気怠げなその姿勢も、好ましいとリンチェンは思う。

「王は今回のことで、都から離れた地方の状況をもっと把握したいと感じたのだそうだ。役人を通じてだけでは、起きていることすべてはわからない、と。それで……俺たちに、この国を自由にくまなく巡って、どこかで何か問題が起きていたら知らせてほしい、と言われたのだ」

そういえば王は、「少し考えることがある」と言っていた。

それがこの話だったのだろうか。

ナムガは続けた。

「これは非公式な使命で、俺たちは公式な身分を与えられるわけではないが、行き先を指定されることもなく、ただの自由な旅人として、行く先々で気になることがあれば……なくても無事の知らせとして定期的な報告をせよ、ということだ。お前は、俺たちの旅にそういう……ある意味での縛りが加わることをどう思う?」

「素晴らしいと思います」

リンチェンは即答した。

「この世界は広くて……そしてそのどこかに、困っている人々も大勢いるかもしれないのでしょう？　私たちがそういう人々の助けになれるのなら」

ナムガは微笑んだ。

「お前なら、そう言ってくれると思った」

ただ漠然と広い世界を見に行くのだと思っていた旅に、意味が与えられる。

そして人々の役に立てる。

生き神でなくなった自分にも、やるべきことが与えられたような気がする。

それをナムガとともに果たせるのなら、喜びでしかない。

「では……まず、どちらへ向かうのですか」

そう尋ねながら、リンチェンの心はすでに広い世界に飛んでいる。

するとナムガが真剣な顔で言った。

「まず……もう一度、お前の故郷の村に行こう」

故郷。

生まれた場所ではあるが、両親もきょうだいも、遠い人々になってしまった。

あの場所にもう一度行って……迷惑にならないだろうか。

するとナムガがリンチェンの頬に掌を当てて、優しく包んだ。

「実は、お前が領主の兵に捕らえられてから、俺は吹雪の中を、一番近いあの村に戻ったんだ。お前の両親の家へ。お前の両親は不安そうだった。はっきりとは言わなかったが、兵たちがお前を追っていることを知っていたのではないか、と俺は感じた。だから俺たちを、早くあそこから逃がそうとしたのではないか……と」

「本当に⁉」

リンチェンが驚いて身体を起こすと、ナムガが腕を伸ばしてリンチェンの身体を引き寄せ、リンチェンは仰向けになったナムガの胸にのしかかるような格好になる。

「おそらく。それを確かめるためにも、もう一度あそこへ。もう領主を怖れる必要がないことも知らせに」

確かに、それは知らせたい。

そうしたら……自分と両親の間は、この前と違うものになるだろうか。

ナムガが感じたことが本当なら、両親は自分を気遣い、心配してくれたのだ。

「じゃあ……最初は、そこに」

リンチェンはそう言って、ナムガの胸に頬をつけた。

「もう川の氷は融けて、冬の道は通れなくなっているだろうから、今度は街道を行こう。畑や牧草地の鮮やかな緑、短い春の間だけ咲く花々……途中には花祭りをやる僧院もあるから、それを見てもいい」

ナムガの声は、優しく穏やかだ。

「故郷の村へ行ったら、その後はお前が見たがっていた、二つ峰の湖を見に行こう。湖のほとりで一夏過ごしてもいい。それから東へ……山ひとつが美しい花畑になる地を、お前に見せたい。そして……」

ナムガが語るこの先の旅の話が、リンチェンの耳に心地よく響き……

やがて眠りの誘惑に勝てなくなってきたリンチェンの身体を、ナムガが優しく抱き締めてくれるのを感じながら、リンチェンは幸福な眠りに沈んでいった。

あとがき

このたびは「籠の小鳥は空に抱かれる」をお手に取っていただきありがとうございます。

「王の至宝は東を目指す」「花は獅子に護られる」に続き、チベット風ファンタジーの三冊目になります。

基本的な雰囲気を借りているだけの、あくまでもチベット「風」です。

シリーズというよりは、同じ世界を舞台にしたそれぞれ無関係の話ですので、連作という感じかなあと思っております。

今回のお話の最初のテーマは「引きこもり系の受け」でした（笑）。

前の二作が旅中心のお話でしたので、今回は島の外に出たことがない受け。

でも最後には結局……というのも、私がそもそも中央アジアの旅行記からこの地域に惹かれたため、そうなってしまうのかもしれません。

この世界観ではこの先もまだ書いてみたい気がするのですが、最大のネックは、実は主人公の名前なのです。

基本、チベット語の名前を、と思っているのですが、何しろそもそもチベット語の名前にはバリエーションが少なく、その上で特に「受けっぽい」語感の言葉を探すのがなかなか難しく……でもまだストックはなんとか。

その他の登場人物の中には重複もありますが、この世界には多い名前なのだな、くらいに思っていただければ幸いです。

今回のイラストは兼守美行先生です。

美しいリンチェン、りりしいナムガ、そして……タシが！　かわいくて！　感激いたしました。本当にありがとうございました。

担当さまにも、今回も大変お世話になりました。今後ともよろしくお願いいたします。

そして、この本をお手に取ってくださったすべての方に御礼申し上げます。

世界はまだコロナに覆われておりますが、どうぞどうぞご自愛くださいませ。

また無事に、次の本でお目にかかれますように。

夢乃咲実

夢乃咲実先生、兼守美行先生へのお便り、
本作品に関するご意見、ご感想などは
〒101-8405
東京都千代田区神田三崎町2-18-11
二見書房　シャレード文庫
「籠の小鳥は空に抱かれる」係まで。

本作品は書き下ろしです

籠の小鳥は空に抱かれる

2021年2月20日初版発行

【著者】夢乃咲実

【発行所】株式会社二見書房
東京都千代田区神田三崎町2-18-11
電話　03(3515)2311[営業]
　　　03(3515)2314[編集]
振替　00170-4-2639
【印刷】株式会社 堀内印刷所
【製本】株式会社 村上製本所

落丁・乱丁本はお取り替えいたします。
定価は、カバーに表示してあります。

ISBN978-4-576-21007-0

https://charade.futami.co.jp/

今すぐ読みたいラブがある!

夢乃咲実の本

この瞳は、いつでもこんなふうに優しくて——

倫敦夜啼鶯（ロンドンナイチンゲール）

イラスト＝八千代ハル

類稀な容姿を頼みに幼い弟分とその日暮らしを送るルーイ。医者のハクスリーの元で、不眠の彼のため歌を歌うことに…。優しく温かい人柄だが、生活力に難ありなドクターの身の回りの世話をし、夜は記憶の片隅にある歌を歌う。やがてその歌声は周囲の耳目を集めることになるが、自分の過去を知られたくないルーイは…。

今すぐ読みたいラブがある!

夢乃咲実の本

不思議だ。こんな感情ははじめてだ――

電気執事は恋の夢を見るか

イラスト＝不破希海

亡き父の借金返済のため、貸し手の高瀬のもと辛い使用人生活を強いられている晶。ある日舞い込んだ高瀬の遺産相続話の運転手として宝蔵寺邸に向かうも、大雨によって足止め状態に。執事の三刀谷と犬のウェルシーだけが晶の味方。しかし、三刀谷に惹かれながらも、その完璧すぎる姿にある疑念が湧き上がり…。